絆のプリンセス

メリッサ・マクローン 作

山野紗織 訳

JN049276

ハーレクイン・イマージュ

東京・ロンドン・トロント・パリ・ニューヨーク・アムステルダム
ハンブルク・ストックホルム・ミラノ・シドニー・マドリッド・ワルシャワ
ブダペスト・リオデジャネイロ・ルクセンブルク・フリブール・ムンバイ

EXPECTING ROYAL TWINS!

by Melissa McClone

Copyright © 2011 by Melissa Martinez McClone

All rights reserved including the right of reproduction in whole or in part in any form. This edition is published by arrangement with Harlequin Enterprises ULC.

® and ™ are trademarks owned and used by the trademark owner and/or its licensee. Trademarks marked with ® are registered in Japan and in other countries.

All characters in this book are fictitious. Any resemblance to actual persons, living or dead, is purely coincidental.

Published by Harlequin Japan, a Division of K.K. HarperCollins Japan, 2024

メリッサ・マクローン

夫と娘２人、息子１人とともにオレゴン州に住む。大学で機械工学を学んだ彼女は、自分がロマンス小説を書くようになるとは思ってもみなかったと語る。執筆していないときは、ソファに丸くなって紅茶を飲みながら本を読むのが好き。

主要登場人物

イザベル・ポーサード……自動車整備士。愛称イジー。

アレクサンドル・ズボニミール……イジーの父親。サチェスティア王家の王子。故人。

エバンジェリン・ポーサード……イジーの母親。故人。

フランク・ミロスラフ……イジーの伯父。本名フランコ。故人。

ローディ……イジーのボス。自動車修理工場の経営者。

ボイド……ローディの息子。イジーの親友。

ニコラ・トミスラフ・クレジミール……ベルノニア皇太子。愛称ニコ。

ドミタル・クレジミール……ニコの父親。ベルノニア国王。

ベアトリス・クレジミール……ニコの母親。ベルノニア王妃。

ジュリアナ・フォン・シュネッケル……ニコの恋人。アリエストル王女。愛称ジュールズ。

ジョバン・ノバク……ニコの側近。

1

ベルノニア皇太子、ニコラ・トミスラフ・クレジミールは国王執務室に入り、顔をしかめた。

今はほかの任務を果たしている時間はない。来る貿易会議の準備に大わらわだし、アリエストルの王女ジュリアナが皇太子との昼食を待ちわびている。

仕事のやりくりをするのには慣れているが、国王からの呼び出しはなににも優先し、その後の予定が大幅に狂うことも多い。王室の古いしきたりが国家の近代化の足を引っぱっているのは言うまでもない。それでもニコは、尊敬する父王の命令に従った。

ドミタル国王はマホガニー製の机に向かい、手にしたファイルを見つめていた。黒かった髪も今は白髪が目立ち、ニコそっくりの顔はいかめしい。金属縁の読書用眼鏡を鼻にかけた姿は、統治期間の多くを国家統一の努力に費やしてきた国王というよりも大学教授のようだ。

ニコは三メートル手前で足をとめ、待った。

開いた窓からそよ風が吹きこみ、庭園の花の香りを運んでくる。かつてここの空気を汚した火薬や血のにおいに比べたらはるかにましだ。

平和条約が結ばれてから五年。敵対派閥間に緊張が走ることがたまにあっても、今は平和だ。ニコはこの平和をずっと維持するつもりだった。しかし、ベルノニアの完全統一ははるか遠い夢のようだ。

「お呼びですか、陛下」彼は父王に声をかけた。

父王の顔のしわは以前より深くなったように見える。紛争と悲しみのせいで老いたのだ。それでも、口の両端が珍しく上がった。「朗報だ、息子よ」

いちばんの朗報はベルノニアが欧州連合《EU》への加盟

を認められることだが、その前にまだ多くの改善が必要だ。ニコは机に歩み寄った。「午前中は貿易代表団の要求に対応するのに四苦八苦しました。朗報があるなら幸いです」

「おまえの花嫁の箱が見つかった」

思わぬ知らせだった。過去は尊重しているが、自分の結婚という重大事が結婚式の日に家宝を花嫁に渡す古来の習慣にかかっていることはいらだたしい。

「本当に僕のものなのですか？」

「実際に手にするまでははっきりしないが」

ニコの花嫁の箱は、ソ連の崩壊で多くのバルカン諸国に混乱がもたらされて以来、二十年以上行方不明になっていた。ベルノニアは隣国の多くで起こった民族紛争を避けられたものの、テロによって内戦が勃発《ぼっぱつ》し、国が分断されて、経済も破綻《はたん》しかけている。「箱はどこに？」

「アメリカだ」父王はファイルを見た。「正確には、ノースカロライナ州シャーロットにある」

「ずいぶん遠くですね」

「そのとおり」

実際、場所はどうでもいい。ニコはその箱を取り戻すつもりだった。伝統が守られ、父が満足し、自分とジュリアナが支障なく結婚できるように。そうすれば、両親と国民が望む務めをようやく果たすことができる。結婚によって、ベルノニアに必要なことをなす手段と機会が得られるのだ。

計画はいろいろあるが、箱を取り戻すまではなにも始まらない。「どうやって見つけたのですか？」

「インターネットだ」父王はファイルの書類をめくった。「骨董《こっとう》品のフォーラムに鍵《かぎ》をさがす掲示が出た。何回かやりとりして、こちらの興味が本物であることを証明し、疑念を払拭《ふっしょく》する写真を送ってもらった。箱はおまえのものだ」

「信じられない」これまで先祖伝来の家宝を見つけ

るために何人の私立探偵を雇ったことか。「旧世界の習慣を科学技術が救ったわけですね」

「科学技術はたまには役に立つが、我が国民は伝統を重んじる。王位についたら、それを忘れるな」

「僕のしてきたことはすべてベルノニアのためです」ニコの一族は八百年間ベルノニアを統治してきた。国がクレジミール一族のすべて。務めが常に第一なのだ。「ですが、二十一世紀に発展を遂げたいなら、近代化も必要です」

「おまえはジュリアナとの結婚に同意しただろう」

ニコは肩をすくめたが、決して結婚に無関心だからではなかった。皇太子の結婚は過去と未来の架け橋になる。イギリスのウィリアム王子ではないが、自分も王族ファンの注目を集める身だ。王家の結婚が話題になれば観光業が潤う。母国のためならなんでも利用しなければ。「僕は伝統にはこだわりませんが、常に国にとって最善のことをします」

「私もだ」父王はファイルを机に置いた。「鍵は持っているな」

「はい」二十数年前に命じられて以来、鍵はずっと身につけている。ニコはシャツの下からチェーンに通した銀の鍵を引っぱり出した。十字架とハートを組み合わせてデザインされた鍵が指からぶらさがる。

「これでやっと首からはずせるのですね」

「だめだ」父王の声が広い部屋に響いた。「明日ノースカロライナへ行くとき、鍵が必要になる」

「ジョバンをやればいいでしょう。僕はすぐにアメリカには発《た》てません。予定がつまっているのです。ジュリアナもこちらにいますし」

「箱はおまえのものだ」父王が繰り返した。「おまえが持ち帰るのだ。旅の手配はすんでいる。旅程と必要な情報は側近から聞くといい」

ニコは唇を噛《か》んだ。これ以上の抵抗はむだだ。現状を考えれば理不尽でも、王の言葉は絶対なのだ。

「わかりました。ただ、僕は箱を見たことがないんですよ」

「子供だったから覚えていないだけだ」

　ニコが子供時代から二十代前半にかけて覚えているのは戦争だけだった。平和を保ち、ベルノニアを近代化するのが当面の目的だ。しかし、議会は世継ぎを求めている。結婚に支障がなくなった今なら、世継ぎについて考えてもいい。そういえば……。

「ジュリアナへのプロポーズはアメリカに発つ前がいいですか？　それとも戻ってからですか？」

　王の顔が赤くなった。「正式な求婚はするな」

「なんですって？　何カ月もアリエストルの長老会と交渉したんですよ。内戦の際、アラリック国王に支持を受けたので、分離派はこの結婚に賛成です。結婚の唯一の障害は花嫁の箱でした。プロポーズが遅れれば、間違った――」

「求婚はなしだ」

　いらだちがつのった。一年近く前から花嫁さがしをしてきたのだ。今さらやり直したくはない。「父上も、妻そして将来のベルノニア王妃として、ジュリアナが最良の候補だと同意したではありませんか。だから花嫁の箱さがしを優先したのです」

「ジュリアナは王妃に最適だが……」王は眼鏡をはずして目をこすった。「彼女を愛しているのか？」

　愛？　伝統を重んじる父がそんな話題を持ち出したことに、ニコは驚いた。両親は恋愛結婚ではないし、兄のステファンが戦死したあとは、自分も恋愛結婚は無理だとあきらめていた。

「気は合います。知的な美人で、妻として満足できるはずです」ニコは正直に言った。皇太子として母国のために結婚するのだ。「王家の結婚が話題になれば観光の宣伝になるし、なによりアリエストルとの同盟で国の再建に必要な資金が得られます。そうすれば、ＥＵ加盟も夢ではありません」

「あらゆる角度から考えたのだな」

ニコはうなずいた。「お教えに従って」

「ジュリアナの気持ちはどうなのだ？」

「彼女は……僕のことが好きです」ニコは慎重に答えた。「僕が彼女のことを好きなように。彼女は親や国民の期待を理解しています」

「だが、おまえを愛しているのか？」

ニコは落ち着きなく身じろぎした。「これまで愛の話などなさらなかったのに。皇太子の務めと国家間の結婚の意義を説くだけで」

「おまえはもう大人だ。女性の気持ちが自分に向いているかどうかくらいわかるだろう。私の質問に答えろ」

ニコは昨日のジュリアナとのデートを思い出した。湖岸に警備隊を残してヨットに乗り、初めて彼女にキスをした。キスは……心地よかったが、彼女はもう一度キスをすることよりヨットに夢中だったような気がする。「彼女は僕を愛していません」

「よろしい」

「いったいなんなのですか？　ベルノニアとアリエストルの関係が変わったのなら――」

「両国の関係に変わりはない」父王は重々しくため息をついた。「だが、おまえとジュリアナの結婚に関して、少々……問題が生じたのだ」

ノースカロライナ州シャーロットにあるローディの修理工場は、オイルとガソリンとグリースのにおいがする。イザベル・ポーサードはシボレーのエンジンの上にかがみこんだ。はずしたいボルトが動かないが、助けを呼ぶつもりはない。男たちに、無能な女ではなく対等な仲間と見られたいからだ。

彼女はスパナを握った。「さあ、まわって」

目の上に明るい茶色の髪が垂れて見えない。

いまいましいポニーテール！　余分なお金があれ

ば、ショートヘアにするのに。髪はずっとフランク伯父に切ってもらっていたから、今は伸び放題だ。見た目は昔から男の子みたいで、今もクローゼットにワンピースはない。

イジーはほつれ毛を耳のうしろに押しやり、スパナと格闘した。てのひらが汗ばみ、スパナがすべる。

「ボルトを少しゆるめるくらいできなくちゃ、レース中にピットで働かせてなんてもらえないわよ」

デイトナ五〇〇のスタートが目に浮かぶ。群衆のどよめき。コースから伝わる熱気。焼けるゴムのにおい。エンジンの回転音。胸がわくわくする。

プロのピットクルーになるのがフランク伯父の長年の夢だったが、動脈瘤《りゅう》で早死にし、今はその夢をイジーが果たそうとしていた。伯父さんは死ぬまで私をかわいがり、車への愛と技術を教えてくれた。一度ならず夢をかなえるチャンスがあったのに、伯父さんは私を一人にしないためにあきらめたのだ。

お金がたまりしだいクルーの養成学校に入って、クルーチーフをめざそう。大物になって、油まみれの手を見て笑った子たちを見返してやるのよ。

イジーはスパナを握り直し、もう一度まわしてみた。ボルトが動いた。「やったわ！」

「おい、イジー」ローディの息子で親友のボイドが叫んだ。「おまえに会いたいって人たちが来てるぞ」

イジーの技術に関しては口コミで評判が広まっていた。旧式エンジンだけでなく、新型のハイブリッド車も修理できるし、コンピューターや電気系統にも通じていて、日々顧客がふえている。ローディは喜んで給料を上げてくれた。この調子なら、数カ月で養成学校に入れるだろう。

工具を置いて外に出ると、目の前に黒いリムジンが輝いていた。エンジン音は快調だ。スモークガラスのせいで乗っている人は見えないが、そばに制服警官が立っている。

会いたがっているというのはただの人ではなく、警官を従えてリムジンに乗るＶＩＰなのだ。車の調子はよさそうだし、そんな人たちが自分になんの用があるのか、見当もつかない。

イジーは汚れた手をつなぎでふいた。運転手が後部座席のドアを開けると、金髪の男性が出てきた。ブランド物のスーツに、よく磨かれた黒い靴。古典的なハンサムだが、少しおもしろみに欠ける。これほど整った容貌《ようぼう》ではなく、もう少し個性があるほうがイジーの好みだった。

「イザベル・ポーサード？」男性が尋ねた。

イジーは身を硬くした。正式名で呼ばれたのは高校の卒業式以来だ。幼いころから呼び名は常にイジーで、知らない人には注意するようフランク伯父から教えられた。彼女は顎を上げ、見下すような目で男性を見た。「なんの用？」

穏やかな茶色の瞳が見つめ返した。男性はまったくひるんでいない。むしろ、おもしろがっているようだ。「私はジョバン・ノバク。ニコラ・トミスラフ・クレジミール皇太子殿下の側近です」

ジョバンの発音にはヨーロッパのアクセントがあり、イジーは興味をそそられた。ヨーロッパといえばＦ１だ。「聞いたことないけど」

「ベルノニアの皇太子です」

「ベルノニア」その国名には聞き覚えがあった。イジーは記憶の糸をたぐった。「バルカン諸国の一つね。おとぎ話から出てきたようなお城と雪をかぶった山のある。たしか内戦があった国だわ」

「そうです」

「おい、イジー」ボイドがうしろから呼びかけた。「助けが必要か？」

イジーは振り向き、木槌《きづち》を手に立つ熊《くま》のような男を見て、笑った。家族のいない自分を妹のようにかわいがってくれるボイドには感謝しているが、仕事のあとでデートの相手が迎えに来たときには何度か騒動になった。「まだ大丈夫。必要なら呼ぶわ」ジョバンは軟弱ではなさそうだが、フランク伯父のおかげで、ボイドの助けがなくても太刀打ちできそうだ。十代のころに格闘技を習わせてもらったし、今は毎日体を鍛えている。

「イザベル。イジー」ジョバンが笑顔でお辞儀をした。「お目にかかれて光栄です。あなたの――」

「車の修理？」自分に会ってひどくうれしそうな彼を見て、イジーは困惑した。たいていの客は車について質問するだけだ。無視する客もいる。わざわざ話をしに来るような客は、だいたいデートの誘いだった。「それともほかの用？　今は仕事中なの」

親切な接客態度とは言えないが、この男性はどこかおかしい。客なら私の正式名など知らないはずだし、車が故障しているにしてはにこにこしすぎだ。

「少しお待ちを」ジョバンはリムジンに乗りこんだ。

時間が過ぎた。数秒か、数分か。いらいらして爪先で床をたたくと、ようやくジョバンがリムジンから出てきた。続いて、ダークスーツ姿のもう一人の男性が。イジーはまじまじと見つめた。

すてき。

百八十センチ以上の長身、肩にかかる豊かな茶色の髪。黒いまつげに縁取られた鋭い目は青緑色だ。

イジーは少しでも彼の身長に近づくように背筋を伸ばした。それでも顎までしか届かない。

その顎ときたら。イジーはため息をのみこんだ。しっかりした鼻、高い頬骨、黒い眉。右頬に傷のある野性的な顔立ちだが、ハンサムだ。

この人なら個性があるわ。別に興味はないけど。

ずっと車の整備士たちに囲まれて生活してきたので、男性の考えや行動は理解できる。ぱりっとしたスーツとぴかぴかの靴といういでたちで目の前に立つこの男性は、厄介で危険だ。

リムジン、高価な服、側近に警官のエスコート。私とはまったく別の世界、私のことなんて召使いか背景の一つくらいにしか思わない世界の住人だ。よく知らない金持ちの相手をすると思うと、おじけづく。できればいっさいかかわりを持ちたくない。

もっとも、見るのは平気だ。高級雑誌の表紙を飾りそうな外見。身のこなしは運動選手のように軽快で優雅。スーツのフィット具合から、生地の下はどんなにたくましいかと思わず想像してしまう。

周囲の者はすっかりかすんでいた。男性にこんなふうに反応したのはいつ以来だろう、とイジーは思った。残業のしすぎだわ。残業をやめて夜遊びに行かなくちゃ。そうすれば、この男性を忘れられるわ。

「イザベル・ポーサードだね」英語とほかの国の言葉の混じったアクセントは甘い響きがある。

声が震えそうで、イジーは黙ってうなずいた。

男性は値踏みするようにイジーを見た。そのまなざしからも顔からも、彼がどう思ったかはまるでわからない。もっとも、こんなセクシーな男性が私みたいな油まみれの女に興味を持つはずがないわ。

イジーはまた顎を上げたが、さっきジョバンに向けたような見下した目つきはしなかった。この男性はまだ帰らせたくない。「あなたは私の名前を知っているけど、私はあなたの名前を知らないわ」

「ベルノニアの王子ニコラだ」

「王子？」

「そうだ」

確かに王子なら側近や警官にエスコートされるだろうけど、これはボイドのいたずらだ。イジーは周囲のカメラをさがした。「どっきりなの？」

ジョバンがにやりとした。

王子が唇を引き結ぶ。「違う」

そうよね、警官がジョークにつき合うはずはないわ。それでも、王族がローディの修理工場に来るなんて信じられない。「あなたのことは殿下とかなんとかお呼びするべきなの？」

「ニコでいい」王子が言った。

「じゃあ、ニコ、ご用はなにかしら？」

ジョバンが話しだそうとするのをニコは制した。

「君はインターネットに箱の鍵をさがす掲示を出したね。その箱は僕のものだ」

イジーは尊大なまなざしで彼を見た。「そんなはずないわ、気取り屋さん」

ニコがたじろいだ。

「箱は母のものだったの」イジーは言い添えた。

「私は鍵をさがしているだけよ」

「鍵が欲しいのはわかるが、写真の箱は君のお母さんのものじゃない」

掲示を出したところ、箱の形状を正確に記した人からのメールは一通だけだった。だからその人に写真を送ったのだ。「あなたがＨＲＭＫＤＫなの？」

「それは僕の父だ。ヒズ・ロイヤル・マジェスティ・キング・ドミタル・クレジミール」

一国の王が赤の他人にメールを送ったりするだろうか？　確かに箱はきれいだけれど古いものだ。感傷的な価値しかないと思っていた。でも、思いこみだったのかもしれない。「あなたのお父さんとメールのやりとりはしたけど、箱は私のものよ」

「正確に言えば箱は君のものだが、それは僕が君に贈ったからだ」

ばかな。箱は、イジーが赤ん坊のときに亡くなった母親との唯一の絆《きずな》だった。だから必死に行方不明の鍵をさがしたのだ。箱の底の部分を開けて、中になにが入っているか確かめるために。たった一人の家族だったフランク伯父が亡くなり、過去とのつながりが断たれた今、なにか知りたかった……なんでもいいから。

鍵が見つからなかった失望をこらえ、イジーは肩をいからせた。「ベルノニアの名前は聞いたことがあるけど、行ったことはないわ。私たちが会ったこともないのは確かよ。記憶にある限り、箱はずっと私が持っていたわ」

「二十三年間、君が持っていたんだ」ニコが言った。「君が赤ん坊のときに僕が贈ったから」

「赤ん坊」イジーは繰り返したが、言われたことはぴんとこなかった。彼は私よりさほど年上ではない。つまり彼も子供だったわけだ。ばからしい。

「そうだ」ニコはきまり悪そうに言った。「僕のことを頭がおかしいと思っているだろうな」

彼でなければ、私がおかしいのだ。「ええ」

「僕の頭はおかしくない」ニコは横に立つ側近に目をやった。「そうだな、ジョバン？」

「はい」ジョバンは同意したが、相変わらず今の状況をおもしろがっているような表情だ。

「ジョバン、あなたは彼からお金をもらっているんでしょう」イジーはいらいらして言った。

「はい。でも、私は弁護士でもありますから」

「そんなの関係ないわ」容姿端麗だが風変わりな王族たちはこうやって時間とお金をむだにするのだろう。「あなたたち二人とも精神異常者なのよ」そこでイジーは警官たちを見た。王子を騙《かた》る精神異常者の保護に、警官たちが時間と税金を浪費するだろうか。彼の外交書類やパスポートの確認をしたはずだ。

「仮にあなたの言うことが本当だとして――」

「本当だ」ニコがさえぎった。

イジーは深呼吸して怒りを抑えた。「なぜ赤ちゃんに箱を贈るの？　それになにか意味があるの？」

「昔からの習慣だ。ベルノニアの王子が結婚するときは、結婚式の日に妻に〝花嫁の箱〟を贈る」

「でも、私に箱をくれる理由はないでしょう？」

「いや、ある。それは僕が君の夫だからだ」

2

「夫？」イジーの声はうわずった。

「そうだ」ニコは相手のショックを理解し、同情を覚えた。自分も妻がいると知って仰天したのだから。けれど、自分や彼女の気持ちは、ジュリアナと結婚して国を救うために必要な婚姻無効の手続きを遅らせるだけだ。「理解すべきことはいろいろある」

「理解？」鋭い茶色の瞳がニコを見つめた。「わかったわ、ニコ。むだ話はやめて、事情を話して」

ニコはイジーを見つめた。汚れただぶだぶのつなぎ。ポニーテールはよじれ、手と頬にはグリースがついている。顔は卵形で頬骨が高く、目は表情豊か。油まみれで男みたいな格好をしていなければ、まあまあ魅力的かもしれない。

「さあ、早く」イジーが腰に両手を当てた。

彼女が礼儀に欠けるのはしかたないとしても、その口調の強さには驚いた。人にへつらわれるのに慣れているニコは、興味をそそられた。「僕の言っていることは本当だ。僕は君の夫だよ」

イジーは唇をすぼめて彼をじろじろ見た。たいていの女性と違い、その表情に感激したようすはない。

「さっきも言ったけど、あなたには会ったこともないわ。結婚しているはずがないわよ」

「いや、君が覚えていないだけだ」

「結婚したら忘れるはずがないでしょう」

「君が生後わずか数カ月でなければね」

イジーはあんぐりと口を開けた。「なんですって？」

「結婚したとき、僕は六歳だった。だから僕の記憶もおぼろなんだ」

「子供同士の結婚？」イジーの小鼻がふくらんだ。

「そういうことは法で禁じられているはずよ」

「ああ、今はベルノニアでも禁じられているが、二十三年前は違った」

「ばかばかしい。私はアメリカ人よ」

「君の母親はアメリカ人だが、父親はベルノニア人だった」

「父親……」イジーは確認するようにジョバンを見て、彼がうなずくと両手を拳《こぶし》に握った。「やっぱり嘘《うそ》つきね。私の父の名は出生証明書に載っていないわ。父親がだれか、私は知らないの」

怒りと痛みのにじむ声から、それが真実だとわかった。彼女が嘘をつく理由はない。こちらの言うことを受け入れれば得をするのだ。多くの女性はベルノニアの皇太子妃になるチャンスに飛びつくだろう。

「証拠がある」

「箱のことね」

「そう、花嫁の箱だ。だが、写真と書類もある」

イジーの目に好奇心がよぎった。「書類？」

ニコはジョバンに命じ、革のフォルダーを出させた。それを開けたとき、つなぎ姿の二人の大男が修理工場から見守っているのに気づいた。

リムジンと警官が注意を引いたのだろう。マスコミだけはなんとか避けたい。婚姻無効の手続きは内密に行う必要がある。アメリカに発《た》つ前にジュリアナには正直に事情を話したが、アリエストルの人々は僕の〝妻〟が突然新聞の一面に載ることをよく思わないだろう。ジュリアナがベルノニアにもたらすものを失う危険は冒したくない。

ニコは周囲を見まわした。「できれば人目のないところで話をしたい。リムジンの中は？」

イジーは彼をにらみつけた。「私が知らない男と車に乗る女に見える？」

「知らない男かもしれないが、君の夫なんだ」

「それはまだわからないわ」

「じゃあ、修理工場か、オフィスがあるなら――」

「ここで話して」

今は彼女の協力が必要だ。これ以上怒らせたくはない。そのくらいは妥協してもいいだろう。

「わかった。ここで話そう」ニコはフォルダーから書類を取り出した。「結婚証明書を翻訳させたものだ」

イジーは警戒のまなざしを向けた。「結婚証明書？」

ニコは書類を差し出した。「自分で確認してくれ」

イジーはいきなり書類に手を伸ばさず、つなぎの腿で両手をふいた。まったくの礼儀知らずではなさそうだ。だが、ジュリアナのような気品はない。

「コピーだから、汚れても平気だよ」

イジーは書類を開いてじっくり読んだ。「証明書は本物のようね」

「もちろん」

「でも、間違いよ」彼女は油がついた指で母親の名前が記された欄を指した。「母は未婚だもの」

ニコはためらった。これは単に、イザベル・ポーサードが書類上の妻で、ジュリアナとの結婚の障害になっているというだけの問題ではない。事はもっと複雑だ。イザベルは純粋なアメリカ人だと思っているようだが、それは違う。彼女はベルノニアのサチェスティア王家の末裔《まつえい》でもあるのだ。一族の出身は、ベルノニアの北部、サチェスティア。彼女は両親も母国も過去も知らないが、ベルノニア人の血を引いている。彼女にその事実を伝えるのは当然のことだが、心の片隅には気が進まない思いもあった。

「君の母親、エバンジェリン・ポーサードはアメリカの大学に在学当時、バックパック一つで旅行中にアレクサンドル・ズボニミール王子と出会った」今日イザベルに説明できるよう、ニコも昨日両親から説明を受けたばかりだった。「二人は恋に落ちて、駆け落ちした」

イジーは不思議なものを見るような目でニコを見つめた。「母は王子と結婚したの？」

「そうだ」

イジーの唇がゆがんだ。必死で笑いをこらえているようだ。「じゃあ次は、ジュリー・アンドリュース似の女性が私のおばあさんで、しかも女王だと言いだすのね？」

ニコはその女優を知っていたが、話のつながりが理解できず、説明を求めてジョバンを見た。

「『プリティ・プリンセス』のことです」ジョバンが静かに説明した。「自分が王女だと知るアメリカ人を描いた小説をもとに映画化されました」

なるほど。ニコはイザベルに言った。「僕の母は王妃だ。おばあちゃんになれば大喜びするだろうが、メアリー・ポピンズには顔も声も似ていないよ」

イジーはにこりともしない。雰囲気を明るくしようという試みもむだだったようだ。

「それがどうして真実なのかわからないわ」

「真実は必ずしもわかりやすくはないが、だからといって真実でないとは言えない」

翻訳された書面を見るイジーの鼻の上にしわが二本できた。そのようすが実にかわいい。

「母がその王子と結婚し、それが私の父だったとして、なぜ母は私をアメリカで産んだの？」

「いや、君が生まれたのはベルノニアだ」

「出生証明書ではアメリカ生まれとなっているわ。コピーがあるもの」イジーは口をすぼめた。「どっちかの書類が偽物ね。あなたのほうじゃない？」

「好きに考えればいいが、君のものが偽物だ」ニコは言った。「君が生まれた当時のベルノニアの政情不安を考えれば、君のご両親がベルノニアとアレクサンドル王子の名前を省き、別の出生証明書を作らせたとしても不思議じゃない」

「まるでこれをすっかり信じているみたいね。アレクサンドル王子が私の父だったと」

「ああ」ニコは断言した。「君はイザベル・ポーサード・ズボニミール・クレジミール王女だ」

イジーは顔をしかめた。「私が王女に見える？」

「見かけは車の整備士だが、事実は事実だ。君はベルノニア王女で僕の妻だよ」

イジーは結婚証明書を見つめた。「それなら、どうして私はここに来たの？」

「それをみんな知りたいんだ。だから父の臣下たちが必死に突きとめようとしてきた」

「その人たちは私がどこにいると思ったの？」

ニコは一瞬ためらった。「君の一族の墓地に埋められていると思っていた」

イジーはあえいだ。「死んだと思ったの？」

「僕は幼くて覚えていないが、ベルノニア人はみんな、君は結婚式の一カ月後にご両親とともに車の爆発で死んだと信じていたんだ」

「車の爆発？」

「体制擁護派の分派であるテロリストが仕掛けたものだ」イジーの目が曇るのがわかった。「あれは……困難な時代だった。二つの派閥が異なる王族と組んでいた。今はもう過去のことだが」

イジーの鼻の上に二本のしわが戻った。「ねえ、あなたが偉い人だというのはわかったわ。リムジンや弁護士や警護の警官を見ればね。でも、あなたは人違いをしているわ。母はヨーロッパには行っていないし、結婚もしていない。生後まもない子供を結婚させたはずもないの。それに、テロリストの攻撃ではなく産後の肥立ちが悪くて亡くなったのよ」

「じゃあ、箱は？」ニコは尋ねた。

「さあね。同じ箱があるのかも。あなたのと母のと」イジーは書類を突き返した。「私、こんなことをしている時間はないの。仕事があるから」そして横を向き、つんとして修理工場へ向かった。

ニコは書類を握り締めた。父親以外で、こんなふうに他人にあしらわれた経験はない。「イザベル」

イジーはちらりとも振り返らない。

なんて腹の立つ女だ。リムジンに乗り、イザベル・ポーサードという名前など聞かなかったことにしたいが、そうはいかない。法的には彼女と夫婦なのだ。本人たちの同意なしに行われたことを、なんとしても取り消さなければ。「待ってくれ」

イジーは足をとめたものの、振り向かなかった。

「行く前に写真を見てくれ」

イジーは肩越しに振り返った。「写真？」

彼女と一緒にいると、自分が王子ではなく農民に思えてくる。妻が彼女のような強い意志の持ち主なら、結婚を束縛にたとえるのも納得がいく。ニコはフォルダーから写真を出した。「結婚式の写真だ」

イジーは近づいてこない。「ねえ、今は時間が気になるの。ボスが見ているのよ。あなたの悪ふざけのために、お給料を減らされたら困るわ」

「悪ふざけじゃない」古い修理工場は新しい屋根とペンキ塗りが必要だ。彼女の経済状態も職場と同じなのだろうか。「五分くれたら百ドルあげよう」

イジーは背筋を伸ばした。「本気？」

これで注意を引けた。フォルダーと写真を小わきにはさみ、ニコは財布から百ドル札を取り出した。

「もちろん」

イジーは札を見つめて走ってきた。「あなた、ほんとにどうかしているわ。でも、そのお金で七分あげる」彼女は札を奪い取り、つなぎのポケットに入れた。「写真を見せて」

ニコは写真を渡した。「白いドレスを着てティアラをつけた赤ん坊が君だ。母親が君を抱き、右側に父親がいる。その隣の二人が父方の祖父母だ」

母親に気づいたら表情が変わるかと思い、ニコはイジーをじっと見つめたが、なんの変化もなかった。

「結婚式というより洗礼式の写真みたいね」

「赤ん坊だからさ」ニコは母親から言われたことを繰り返した。「花嫁と花婿が中央に、その両側に家族がいるのは伝統的な王族の結婚式のスタイルだ」

イジーはいぶかしげに目を細めた。「胸に青いサッシュを巻いたスーツ姿の男の子があなた？」

「そうだ」

イジーはニコを見た。「あまり似てないけど」

「二十三年前だからね」

イジーはニコの少年時代の姿を指でなぞった。

「幸せそうには見えないわ」

ニコは今こそ幸せではなかった。この難題を解決し、早く彼女とおさらばしたい。「六歳の少年が結婚してそう幸せになれるとは思えないよ」

「もう一人の男の子はだれ？」イジーは尋ねた。

「僕の兄だ」

「なぜ赤ちゃんをお兄さんに嫁がせなかったの？」

イジーは〝私〟ではなく〝赤ちゃん〟と言った。

ニコは息を吸っていらだちを抑えた。「ステファンは皇太子だった。もう婚約していたんだ」

イジーは顔を上げた。「だった？」

「七年前に戦死した」

イジーが真顔になった。「お気の毒に」

ニコが欲しいのは同情ではなく協力だった。「ベルノニア人はみんな戦争中にいろいろなものを失った。そんなことは二度と繰り返されてはならない。僕は平和を保って国を近代化したいんだ」

「立派な志ね」イジーは再び写真を見た。「でも、残念ながらむだ足よ。フランク伯父さんが一枚だけ母の写真を持っていたけど、母はこんな顔じゃなかったわ」

ニコはイジーに関する情報ファイルを思い出した。

彼女に生きている親戚《しんせき》はいない。母親は一人っ子で、十九歳のとき、列車の脱線事故で両親を亡くして孤児になった。ズボニミール家側の親族はみな戦死した。母方にも父方にもフランクという名前は出てこない。

「フランク伯父さんとは？」ニコは尋ねた。

「フランク・ミロスラフ」イジーは言った。「母の腹違いの兄よ。母の死後、私を育ててくれたの」

ミロスラフ。その姓には聞き覚えがあるが、イザベルやアメリカ人の母親とのつながりはわからない。ニコは確認を求めてジョバンを見た。

「ミロスラフ家は数百年にわたってズボニミール家に仕えました」ジョバンが説明した。「主従関係とはいえ、両家には強い絆《きずな》と信頼があります。フランコ・ミロスラフはアレクサンドル王子の運転手で親友でした。フランコが王子をエバンジェリン・ポーサードに紹介したとの噂《うわさ》もあります」

イジーは口をぽかんと開け、それから閉じた。

「それで君がベルノニアからここへ逃げてきたいきさつがわかる」ニコが言った。「君が国を出たあと、別の運転手と赤ん坊に見せかけた人形で――」

「いいえ」イジーは唇を引き締めた。「写真の女性は母じゃないわ」

「伯父さんが見せた写真の女性が母親だと断言できるのか？」ニコはイジーの顔をよぎる感情を見て取った。無防備さをあらわにした瞳に胸が締めつけられる。「すまない。君が認めがたいのはわかる」

「そんな話はありえないわ。赤ちゃん連れのベルノニア人運転手をだれがアメリカに入国させるの？　どこでアメリカの偽造書類を手に入れるの？　そんなの無理よ」イジーは隠された秘密をさぐるように写真を見た。「フランク伯父さんは運転手でも召使いでもなかった。シカゴ郊外の小さな町の車の整備士だったの。私には父親のような存在だったわ。その伯父さんがどうして私に嘘をつくの？」

ニコは彼女が育ての親をかばう姿勢に敬服した。家族への忠誠は大切だ。「たぶん、フランコ、いや、君のフランク伯父さんは、君を守るために事実を隠したんだ。君は王女だった。ベルノニアには、君が生きていれば殺そうとする一派がいたからね」

たとえ暴力を否定されても、僕の父親である国王に忠誠を誓った一派が。

「信じられないわ」

言葉で納得させられなくても、目で見れば納得するかもしれない。「僕の言うことが真実かどうか確かめる方法がある」

イジーが顔を上げた。「どんな方法？」

ニコはシャツの下からチェーンを引っぱり出した。

「僕の鍵《かぎ》が箱の錠に合うかどうか確かめればいい」

合わないで、合わないで、合わないで……。

三十分前、箱を取りにボイドとジョバンと家に戻って以来、イジーは呪文《じゅもん》のように心の中で唱えつづけた。今はローディのオフィスで、膝の上に木箱をのせて座り、ほかの人たちが来るのを待っている。

〝でも、私に箱をくれる理由はないでしょう？〟

〝いや、ある。それは僕が君の夫だからだ〟

夫。イジーはめまいを覚えた。

固い床に木箱を落とさないよう、ぎゅっとつかむ。これまでずっと大事にしてきたけれど、その価値は感傷的なもので、金銭的なものではない。

今は……。

皇太子妃、イジー・ポーサード？　まさか。

確かに、自分が遠い異国のずっと行方不明だった王女で、ハンサムな王子と結婚しているとわかったら、喜ぶ女性はいるだろう。でも、私は違う。もちろん、幸せな結末には憧《あこが》れるけれど、私のおとぎ話にお城や白馬に乗った王子は出てこない。私の夢はレーシングスーツを着てピットで働き、クルーチーフになって優勝者にシャンパンを浴びせること。

　オフィスのドアが開き、ニコとジョバンとローディが入ってきた。「あと数分でダンカン・ムーアが来る」ローディが言った。

「ありがとう」イジーはローディに頼み、顧客の一人であるシャーロットの大物弁護士を呼んでもらった。ニコとジョバンが箱を奪おうとする前に、弁護士と話したかったからだ。驚いたことに、弁護士費用は全額持つとニコは言った。王子のほどこしを受けたくはないが、高額な費用を払う余裕はない。誇り高いことと愚かなことは別だ。「そして、弁護士費用を肩代わりしてくれてありがとう、ニコ」

「いいんだ」ニコは言った。「君を悲しませたり無用の出費をさせたりするために、ここへ来たわけじゃないからね」

　イジーはほほえむように唇の端を上げた。

　ニコがほほえみ返した。

　胃のあたりがざわめく。ああ、気をつけないと。夫だと主張するこの男性に惹《ひ》かれたら事が面倒になって、箱の所有権を失うだけかもしれない。

「ダンカンが来た」ローディが告げた。

　よかった。イジーはほっとした。

　五十代後半のダンカン・ムーアが堂々たる態度でオフィスに入ってきた。「遅れて申しわけない、イジー」彼はニコを見てお辞儀をした。「殿下」

　ニコはダンカンに会釈を返した。「側近で弁護士のジョバン・ノバクだ」

　ジョバンはダンカンと握手をした。

　弁護士二人が同席したことで状況の深刻さが増し、イジーは落ち着かない気分になった。

「では、先に進めよう」ニコが言った。

　室内の緊張が高まった。イジーは脚の震えがひどくなり、箱を机に置いて蓋《ふた》を開けた。ビロード張りのトレイをどけると鍵穴が現れた。「フランク伯父が亡くなって初めて鍵穴に気づいたの。伯父は箱を見せても、決して触れさせてはくれなかったから」

「箱は君の母親のものだと伯父さんは言ったのかね？」ダンカンが尋ねた。

「いいえ。私が勝手にそう思ったの。伯父はただ大事なものだとしか言わなかったわ」

ニコは首にかけている鍵を手に持った。「どのくらい大事か見てみよう」そして、しっかりした手つきで鍵を穴に差しこんだ。

イジーは目を閉じたかったが、代わりに息を凝らした。ニコが鍵をまわすと、かちりと音がした。

「鍵は合っている」

イジーの肺から音をたてて空気がもれた。

まさか。そんなはずないわ。

箱の底部がすべり出た。秘密の引き出しだ。

「見てみろ」ローディの声には畏怖《いふ》がにじんでいる。

数年間待ちわびたこの瞬間だが、見るのが怖かった。好奇心は消え、不安に取って代わられた。箱の中身はどうでもいい。ただ、プリンス・ニコが来る前に時間を巻き戻してほしかった。

「同じティアラだ」ジョバンが言った。

違うわ。イジーは見たくなくて目をつぶった。胸が締めつけられ、体が震える。

だれかがそっと肩をつかんだ。ローディだわ。彼もボイドも、無骨だが気はやさしい。イジーが目を開けると、肩に手をかけているのはニコだった。

「イザベル」心配そうな声だ。「あとにしたいかい？」

やさしいまなざしに思わず涙ぐんだ。彼のせいじゃない、この状況のせいだわ。それでも彼のいたわりはありがたく、勇気がわいた。「いいえ」

イジーは背筋を伸ばして引き出しの中を見た。小さなダイヤモンドのティアラの下に写真と書類と宝石類がある。フランク伯父さんはきっと、ガレージセールでこの箱を見つけて買ったのよ。あるいは盗んだか。だから私が鍵を持っていないんだわ。

でもそれでは、王子が母の名前を知っていて、彼の鍵が箱の錠に合うことの説明がつかない。目の前のものを受け入れなければ。ただ……。

ニコが引き出しに手を伸ばすと、ダンカンが声をあげた。「お待ちを」ニコが手を戻す。「先に中身の写真を撮らせていただけますか?」ダンカンはカメラを持って尋ねた。「すべてを記録したいので。イジーのためにも、殿下のためにも」

「わかった」ニコは同意した。

ダンカンは写真を撮って、うしろに下がった。

「どうも。先をお続けください」

ニコはためらい、イジーを見た。「しばらくは君の両親が花嫁の箱の鍵を持っていたんだ。二人が中身を入れたのなら、出すのは君しかいない」

イジーの中に怒りがこみあげた。フランク伯父さんは過去を教えてくれなかった。なぜ私を信用してくれなかったの? 私だって事実を知りたいのに。

「イザベル……」

「私が出すわ」もっと詳しく知るまで、先の判断はできない。「でも、あくまで事実を知るためよ」イジーは注視する四人の視線を感じた。女性の整備士として注目には慣れているが、これは違う。落ち着かない。彼女は震える手でティアラを持ちあげた。

「とても小さいのね」

ニコがうなずいた。「結婚式で君がつけられるようにと、僕の両親が特注したんだ」

「写真のものと同じかどうかわからないわ」イジーは藁《わら》にもすがる思いで言った。

「同じだよ」ニコが言い返した。

イジーはティアラを机に置くと、次に外国の硬貨とドル札、ダイヤモンドのペンダント、エメラルドのブレスレット、三つの指輪を出した。

本物なら、宝石類はひと財産だろう。だからニコは箱が欲しいのかもしれない。お金のためなら、人はなんだってしかねないものだ。

イジーは男性と女性の写った写真を取りあげた。

「君の両親だ」ニコがやさしく言った。

私の両親。イジーはまだ信じられず、じっと男女を見た。笑顔で手をつなぎ、結婚式の写真以上に幸せそうだ。「女性は美人ね」

「おまえさんに似てるよ」ローディが言った。

「ならいいけど」ニコが両親だと言う二人の記憶がないことに、イジーの胸はうずいた。

「君はお母さん似だが、目は父親ゆずりだ」ニコが言った。

イジーは動揺を覚えた。これまでフランク伯父と似ていると言った人はいない。さらに写真を取り出した。赤ん坊の写真、家族写真、知らない場所で撮られた、知らない人々の写真。

次に外国の文字で書かれた公文書らしいものが現れた。「なんて書いてあるかわからないわ」

「見せてくれ」ニコに言われ、イジーは手渡した。

彼はざっと書類を見た。「君の出生証明書だ。母親はエバンジェリン・ポーサード・ズボニミール、父親はアレクサンドル・ズボニミールとある。出生地はベルノニアのサチェスティア」

ジョバンが先ほどイジーに見せた書類を机に置いた。「翻訳したものと比べたいならどうぞ」

「公平な立場の人による翻訳が欲しいわ」

「なぜまだ信じられないんだ？」ニコが尋ねた。

「用心しているだけ」イジーは認めた。「あなたがたは苦労して私をさがし出した。ただ箱を買い取って終わりにすればいいじゃないの。私のことも」

「君は僕の妻だ」ニコは言った。「君が存在しないふりをして、終わりにするわけにはいかない」

イジーは顔をしかめた。「私が王族だと証明する痣《あざ》とかあればね」

「あるかもしれない」ニコの目が笑った。「喜んで僕がさがすよ」

イジーの頬がほてった。ニコも赤面した。

彼が恥ずかしがるなんて意外だったが、そのせいで堅苦しい王子がいくらか……人間的に見えた。おかげでイジーは少し気が楽になった。

それからさらに数種類の書類を取り出したが、またも読めない外国語だったので、ニコに渡した。

彼は書類をめくった。「これは君を財産の唯一の受取人とした、お父さんの遺書だ」

「遺書のコピーがいります」ダンカンが言った。

「もちろん」ニコは遺書を弁護士に渡してからイジーを見た。「みんな、君がご両親と一緒に殺されたと信じていたから、お父さんの財産は――」

「あなたに渡ったのね」間違いない。

「夫として君の遺産は僕が受け継いだんだ」

「どんな財産ですか、殿下？」ダンカンが尋ねた。

ニコは側近を見た。「換算するとどれくらいだ？」

「ほぼ二千五百万ユーロです」ジョバンが答えた。

いくら外国通貨にうとくても、莫大《ばくだい》な金額なのはわかる。「箱と引き換えにそれを私にくれるの？」

「箱と婚姻無効宣告と引き換えにだ」ニコは言った。

ローディが口笛を吹いた。「宝くじに当たったようなもんだな、イジー」

ほんと。イジーは深呼吸をした。信じられない。

「あまり興奮しないで」ダンカンが注意した。「ベルノニアの法制度がわからない。国にはそれぞれ財産や相続に関する法律がある。場合によっては長年裁判で争われることもある」

「僕はイザベルの正当な所有物を保持するつもりはない」ニコが断言した。「ベルノニアは小国だが、議会政治と近代的な司法制度がある。これを高等法院で解決するのには何年もかからないだろう」

「アメリカで処理することはできないの？」イジーは尋ねた。

「君の父親の財産はベルノニアにある」ニコが説明した。「それに高等法院は非公開だ。アメリカの裁判所を使ったら、事が知れ渡る恐れがある」

　イジーは弁護士を見た。「ダンカン？」

「ベルノニアの裁判制度は知らないが、プリンス・ニコの仰せのとおり、君が王女だとなれば、アメリカでは大騒ぎになるだろうな」

「一緒にベルノニアへ来てくれ」ニコが提案した。

「二人で高等法院へ行けば、すぐに解決するよ」

　イジーは不安に襲われた。「でも、パスポートが……」

「それはなんとかなる」

　イジーは唇を噛《か》んだ。「少し考えないと」

部屋が静まり返った。外の修理工場から機械や車のドアの開閉音が聞こえてくる。

「大金がかかっているんだ。そんなに意固地になるなよ、イジー」ローディが言った。

　意固地？　私は意固地になんかなってないわ。

「そうだ」ダンカンも言った。「プリンス・ニコは君が王女だと信じ、数千万ドルの財産をゆずるとおっしゃっている。これ以上なにを考えるんだ？」

　それでもイジーは迷っていた。

「引き出しにまだ入っています」ジョバンが言った。

見ると、〝イザベルへ〟と表に書かれた封筒があった。イジーは震える手で封筒を取り、中から便箋《びんせん》を出して開いた。よかった、英語で書かれている。

　〝愛する娘へ〟その文字を読むと、目に涙が浮かんだ。これまで娘と呼ばれたことはない。父親同然に愛してくれたフランク伯父さんからも。

　イジーは先を読んだ。

あなたはまだ赤ちゃんだけれど、もう花嫁です。アメリカに行かせることを許してね。でも、ほかにあなたを守る方法がなかったの。プリンス・ニコとの結婚であなたは守られ、ベルノニアは平和が保たれるはずでした。でも、その計画は裏目に出たようで、今あなたはさらに危険な状況に置かれています。できればあなたがこの手紙を読むことがなければいいけれど。私たちがアメリカに着いたら廃棄するつもりだから。もし今あなたがこれを読んでいるなら、私とお父様が願ったように事は運ばなかったのね。それがとても残念です。

あなたのお父様は、ベルノニアの支配を求める二つの派閥の間で揺れています。分離派がまずお祖父《じい》様を国王としてサチェスティアを独立させようとし、今はドミタル王から全支配権を奪おうとしています。でも、お父様はベルノニア国王に忠実でありたいの。ところが、あなたの結婚で両派は思いがけなく反目し、今お父様はどちらの派も支持できなくなっています。だから私たちは一刻も早くベルノニアを出なければならないの。あなたの身の安全がなにより大事だから。この騒ぎがおさまったら、喜んでベルノニアに帰りましょう。

一緒に国を出るのはむずかしいので、まずあなたを先にアメリカに送ります。フランコ・ミロスラフに世話を頼んで。彼はお父様の運転手で私たちの親友だから、なんとしてもあなたを守ってくれるでしょう。私たちも翌日にはあとを追います。

国王を含め、この計画はだれも知りません。国王はいい方だけれど、あなたの居場所を知る人は少なければ少ないほどいいから。安全が保証されるまで、あなたの出国と居場所は秘密のままです。お父様がもうあなたの出発時間だとおっしゃるので、筆を置きますね。

愛するイジー、すぐに再会できますように。

愛をこめて
父と母より

イジーは内容が理解できると、何度か深呼吸をした。フランク伯父が見せた写真の女性——実際は母親でなかった女性にはなにも感じなかったが、母親自筆のこの手紙を見て、自分を産んだ女性との絆を実感した。これこそ、幼いころから求め、鍵をさがすことで見つけたいと思っていたものだ。

「本当なのね」イジーは椅子の背にもたれた。

「残念だが」ニコは言った。

イジーはその言葉を信じた。自分が知らない相手と結婚しているとわかってうれしい者などいない。

結婚……。胃がむかむかした。

結婚は一部にすぎない。自分について知っていると思っていたことはすべて間違いだったのだ。私にはお金も称号もあり、父親もいる。

イジーは、結婚式の写真に写っていた笑顔の両親を思い出した。私を愛していた父と母。物心つく前に殺された父と母。感情がこみあげ、喉がつまった。

でも、両親の願いの一つはまだかなえられる。二人はベルノニアへの帰国を望んでいた。フランク伯父さんも同じ思いだったに違いない。

〝一緒にベルノニアへ来てくれ。二人で高等法院に行けば、すぐに解決するよ〟

生まれた国を見れば、自分がだれで将来どうなるのか、わかるかもしれない。結婚を無効にし、遺産を相続して、ピットクルーの養成学校に入ることは忘れる。自分のレーシングチームだって買えるのだから。

イジーは立ちあがった。「ベルノニアへはいつ発つの？」

3

〝ベルノニアへはいつ発《た》つの?〟

早いほうがいい。ニコはイジーが住んでいるＲＶ車のテーブルについた。突然のアメリカ行きの裏の理由がマスコミにばれるのではないかという不安はつのる一方だ。だが、彼女はシャワーや着替えや荷造りの必要がある。いやでも出発は遅くなるだろう。

イジーはまだ汚れたつなぎ姿のまま、冷蔵庫の前に立った。「食べ物か飲み物はいる?」

「いや、いい」

イジーはためらいがちにＲＶ車の奥を見た。「数分で支度できるわ」

「僕たちを乗せないで飛行機が離陸することはないよ」

イジーが間の衝立《ついたて》を閉じると、ニコは困惑しながら車内を見渡した。そり返ったベニヤ板、ひび割れた食器棚の戸、すり切れたカーペット、窮屈なスペース。この車は彼女と同じくらい年を重ねているに違いない。

フランコはなにを考えていたんだ? 確かに彼女の身の安全を守る必要はあったが、なぜ王に連絡して援助を求めなかった? なぜこんなひどい環境に彼女を置いていたんだ?

ニコはため息をついた。

イザベルはかよわい乙女ではない。急な身辺の変化にも堂々と対応した。皇太子という身分や金に目がくらむこともなく、具体的な証拠を見るまではこちらの言葉を真に受けなかった。家族もなく、今の窮乏を考えたら、驚くべきことだ。ベルノニアの王女はもっとましな生活をしてもいいはずなのに。

僕の妻でいるのはあとわずかだが、イザベルには彼女の両親が望んだような生活をさせてやりたい。彼女は城に住むべきだ。

　衝立ががたがた揺れた。

「イザベル？」助けが必要なのかと思い、ニコは声をかけた。

「すぐすむわ」衝立の向こうから答えが返ってきた。

　ニコは腕時計を見た。五分。これは世界記録だ。やはりイザベルは外見を気にする取りすました女性とは違う。

　衝立が開いた。イジーが奥から出てくると、ニコは思わずまじまじと見た。Tシャツが張りついた豊かな胸、色あせたタイトなジーンズに強調された女らしい曲線と長い脚。肩の下まで波打つように流れる茶色の髪はつややかに輝いている。

　目が合うと、ニコは温かみのある茶色の瞳に魅せられた。知性と思いやりがその奥で輝いている。

　これが僕の……妻？

「準備できたわ」イジーが告げた。

　僕もだ。ニコは、彼女の行きたいところならどこへでもついていける気分だった。

「服はあまり持っていないの」イジーは肩にかけた古いダッフルバッグを示した。中身を戻した花嫁の箱は、ジョバンがすでにリムジンに運んだ。「私の持っている服では裁判所には不向きでしょうね」

「向こうに着いたら、買い物できるよう手配するよ。費用の心配はしなくていい」

「もういろいろ払ってもらっているわ」

「かまわない」イザベルがブランド物のドレスを着て、優雅な首を宝石で飾った姿はすてきだろうし、それを脱がせるのも楽しいだろう。それができないのが残念だ。「君は僕の妻なんだから」

「結婚を無効にするまでよ」イジーが念を押した。

「ああ。だがそれまでは、君の世話をするのは僕の義務だ」

　イジーは挑戦的に顎を突き出した。「自分の世話は自分でできるわ」

「わかっている」たいていの女性は僕に世話をしてもらいたがるのに、イザベルは違う。それが不思議だったが、ニコはわびるように頭を下げた。「僕の言葉の選び方が悪かった。埋め合わせはするよ」

「必要ないわ」

　彼女が横を通ると、バニラとジャスミンの香りが漂った。さっきまでのモーターオイルのにおいからは格段の進歩だ。「僕がしたいんだ」

「いいの」イジーの微笑に、ニコは椅子からずり落ちそうになった。「もう許したわ」

　許しなどいらない。欲しいのは……君だ。

　なんてことを。イザベル・ポーサードに魅力を感じるとは思いもよらなかった。常に自らの務めが第一で、しかもジュリアナと事実上婚約しているのだから、どんな女性にも惹《ひ》かれるべきではないのに。

　それが自分の妻でも？

　ニコは両手を握り締めた。父からは感情を抑えろと教えられてきた。抑えられなければそれが弱点となり、敵につけ入れられる恐れがあるからと。

　彼はイジーの顔、とくに額に視線を集中した。

「旅の荷造りでほかに必要なものは？」

「ないわ。ベルノニアにそう長くはいないもの」

「行ったら、気に入るかもしれない」

　イジーは肩をすくめた。「六歳のときからここが私の我が家なのよ」

　彼女が十七年間もこんなところに住んでいたとは信じられなかった。「ずいぶん長いな」

「フランク伯父さんがこの車を買ったとき、二度と我が家を離れなくてすむ、ずっとここに住めばいいと言ったの。あのとき、伯父さんはベルノニアのことを考えていたのかしら」

「そうかもしれないな」ニコは車内を見まわした。「君を守る必要がなければほかに住むところはたくさんある」

「そうね。でも、私はここで幸せに暮らしてきたの。楽しい思い出を残して去るのはつらいわ」

「新しい思い出を作ればいいさ」

「まず古い思い出と折り合いをつけないと」イジーは遠くを見つめた。「伯父に関するいろいろなことが今は理解できるわ。写真がないこと、私に格闘技を習わせたこと、自分の素性を隠して私を守ったこと。血がつながらなくても、伯父は私が唯一知っている家族よ」

ニコはうなずいた。「自分の身を犠牲にして君を守ったフランコを、僕たちは尊敬するよ」

「ありがとう」感謝の念に瞳が輝いた。「伯父にとって、ベルノニアは大切な存在だったのね。でなければ、私のためになにもかもあきらめたりしなかったはずだわ。伯父は本当はここにずっと住むつもりじゃなかった。いつかは帰るつもりだったのよ……故国に」

「お父さんの遺産で、これからはどこでも好きなところで好きなように暮らせるよ」

イジーはため息をついた。「選択肢が多すぎて怖くなるわ」

「一度に一つの選択肢だけ考えればいい。そうすればそんなに……大変なことではなくなるよ」

「いい助言ね」イジーは言った。「ありがとう」

ニコは彼女の助けになれてうれしかった。「ほかに必要なものは？」

イジーは周囲を見た。「留守中はボイドがこの車を見ていてくれるから、心配ないはずよ」

ニコは、箱を取りに行くイジーとジョバンを車で送った長身の男を思い出した。彼女のようすを修理工場からうかがっていた男だ。これほどの女性なら、追いかける男がいても不思議はない。「彼はボーイフレンドなのかい？」

「ボイドが？」イジーは鼻にしわを寄せた。「彼は兄のようなものよ。たまにカップルに見られるけど、ただの友達にすぎないわ」

それを聞いて、ニコはなぜかほっとした。しかし、シャーロットにいる男はボイドだけではない。「ボーイフレンドはいるのかい？」

「いないわ」

「だが、デートはする」

「そんなにしないわ。残業が多くて、真剣なおつき合いをする暇がないの」

ニコは俄然《がぜん》うれしくなった。

「あなたは？」イジーが尋ねた。

「ボーイフレンドはいないよ」

彼女は笑った。「ガールフレンドは？」

かつては何人かいた。モデルから王女まで。ジュリアナはガールフレンドではないが、結婚相手だ。ややこしい説明をするより物事は単純にしておいたほうがいい。「ガールフレンドはいるよ」

「なんていう名前？」

「ジュリアナ。結婚する予定だ」

「おめでとう、ニコ」イジーは窓をロックした。「お二人の幸せを祈るわ」

その心からの言葉にニコは驚いた。「君が？」

「もちろん。私があなたの妻なのは私たち自身の選択ではないもの。今だってあなたを選ばないわ」

ニコは体をこわばらせた。自分がイジーを選ばなくても、彼女が自分を選ばない理由がわからなかった。僕は王子で、新聞や雑誌によれば魅力的な男のはずだ。「君はだれを結婚相手に選ぶんだ？」

「だれも」

「結婚したくないのかい？」

「結婚する前にしたいことがあるの」

「どんなこと？」

「ピットクルー養成学校に入って、レース場のピットで働き、ゆくゆくはクルーチーフになることよ」

女性には珍しい目標だ。王女はもちろん、ベルノニア人女性では考えられない。「レースが好きなんだな」

「ええ。F1、ストックカー、ゴーカート。ゴールにチェッカーフラッグがあれば、なんでもいいわ」

その目と声にあふれる情熱は、ヨットに乗るときのジュリアナのようだ。案外二人の女性は似ているのかもしれない。「遺産で好きなことができるよ」

「ええ、ピットクルー養成学校に入れればもう夢がかなったようなものね」イジーはバックパックを反対の肩にかけてドアを開けた。「行きましょう、殿下」

シャーロット国際空港の滑走路にジェットエンジンが鳴り響く。これは夢だわ。イジーはタラップのいちばん上に、夫である魅力的な王子とともに立った。レースに参加する以外で、遠くに旅するなんて考えたこともなかった。でもここで、私は自家用機に乗って別の大陸に飛ぼうとしている……。

飛行機が滑走路を進んでくる。あれにもうすぐ乗るのだ。これをわくわくする冒険と思う人もいるかもしれないけれど、私は違う。不安は増すばかりだ。

白地に飛行機番号と文字と小さな紋章だけが描かれたベルノニア機。紋章は王家のものだ。イジーは背筋がぞくぞくした。こんなことが現実に起こるなんて想像もつかなかった。レースしか頭にない油まみれの私が、今は王女？

タラップの下には地元の警備隊が並び、税関職員が書類をチェックしている。

物理的な証拠があっても、イジーはまだ真実を受け入れられなかった。いつかは自分がプリンセス・

イザベル・ポーサード・ズボニミール・クレジミールだと感じられるの？　とてもそうは思えない。

開いたドアを前にして、イジーはニコが背後に立つのを感じ、バックパックのストラップを握った。

「搭乗時間だ」ニコがうしろからささやいた。温かな息が首筋をくすぐる。

ざわめきが体を走り、不安がつのった。

さあ、しっかりして！

イジーは背筋を伸ばした。「わかっているわ」だが、開いたドアはまるで謎《なぞ》のブラックホールのようだ。一歩踏み出せば飛行機に乗れる。わかっていても、足がタラップから離れない。飛行機に乗るのが初めてのうえ、なにが待っているかわからないのだ。ドアの向こうにも、行き先のベルノニアにも。

これまで一人で未知のものと向き合ったことはない。フランク伯父が常に道を整えてくれた。伯父亡きあとはローディの修理工場で働きながら、伯父と夢見た計画を追ってきた。でも今は、すべての計画を棚上げし、未知の不確かな道に立っている。

しかも、もう引き返すことはできない。

飛行機に乗るか、シャーロットに残るかで、人生が百八十度変わるのだ。そう思うと、めまいがした。

王子が近づき、うしろからそっと押した。力強さとぬくもりを感じ、脈が速くなる。「少し待って」

「乗ったら、時間はいくらでもあるよ」

この状況はイジーの手に余った。「なにもかも急に起こりすぎて。ペースを落としたいの」

「離陸すれば自然とペースは落ちる。長旅だから」

長旅でなじみのものから遠ざかるのだ。緊張が極度に高まり、イザベルは胃がむかむかした。

「イザベル」ニコがなだめた。

別の飛行機が離陸した。レース場以上のすさまじいエンジン音が鳴り響き、鳥肌が立つ。

「少し待ってと言ったでしょう」

「確かに今日は大変な日だった」ニコが言った。

「そう思う？」イジーは喉のつかえをのみこんだ。

「今日みたいな日はそうはないわ。みんな夢ならいいのに。でも違う。それで足がすくむのよ」

「足がすくむ？」

「結婚を無効にして遺産を受け取るために、ベルノニアへ行くことに」イジーは認めた。「しかも、着いたあとのことはわからない。そこで生まれたとしても、私には火星同然の場所なのよ」ニコに見つめられ、イジーはまるでシンデレラの醜い継姉《ままあね》になったような気がした。

「ベルノニアは、君がなじんでいるこの国とは違う。古風だし、時代遅れだという人もいる。とくに男女の役割に関しては」

イジーは絶望と不安のあまり笑いそうになった。

「それで私の気を楽にさせるつもりなら失敗よ」

「君に嘘《うそ》はつかないよ。確かに君の生活は変わる。ただ、それに一人で対処する必要はない」

イジーは無力感を覚えた。なんでも一人で対処するのに慣れているのに、今は足がタラップに張りついたように動かず、がたがた震えている。

「僕が手を貸すよ」ニコが言った。

まるで鎧《よろい》姿の騎士のようだが、イジーは窮地に陥った乙女役を演じるのはいやだった。彼の助けなどいらない。「ありがとう。でも、一人で大丈夫」

彼女は深呼吸をして、飛行機のドアを通った。

「ようこそ、妃殿下」制服姿の男性客室乗務員が挨《あい》拶《さつ》した。「妃殿下のために、七品からなるディナーと映画をご用意しております」

一瞬ののち、イジーは自分が話しかけられているのに気づいた。「ありがとう」どうして私の正体を知っているのだろう？

乗務員がほほえんだ。「お席までご案内します」

「ありがとう、ルカ。だが、プリンセス・イザベルは僕が案内するよ」ニコが言った。

ルカがお辞儀をした。「空の旅をお楽しみください」

「公になると困るから私の正体は秘密だと思ったわ」ルカから離れると、イジーはニコに言った。

「高等法院に出廷するまでだよ」ニコが説明した。

彼の男性的な香りに包まれて体が熱くなる。着陸したらすぐ高等法院に行くのならいいけれど。

「心配ない」ニコは続けた。「乗務員はベルノニア空軍の隊員だ。宮殿スタッフ同様、秘密は守る」

「あなたがそう言うなら」

「大丈夫だ」

イジーは通路を進んだ。内装は温かい色合いで統一され、気持ちがなごむ。客室のいちばん手前にソファセットがあった。

「ここはラウンジだ」ニコが説明した。「脚を伸ばしたかったら、ここに来るといい」

「飛行中、シートベルトもはずさないと思うわ」

ニコはにやりとした。「それじゃあ、トイレに行くときに不自由だな」

イジーは頬を赤らめた。それは考えていなかった。

客室の中ほどに座席が並んでいた。革張りの贅沢《ぜいたく》なシートは、卒業旅行に行ったクラスメートから聞いた窮屈な座席とは大違いだ。旅行費用がなかったイジーは行かず、ローディの修理工場で働いた。

時代は変わったのだ。整備士のイジー・ポーサードが、今はベルノニア皇太子妃、プリンセス・イザベルとは。その滑稽《こっけい》さにあやうく笑いそうになった。

「離着陸時はここに座る」ニコが言った。「なんなら飛行中ずっと座っていてもいい」

イジーが最後列の座席に向かうなり、女性客室乗務員が飛行機の後部から走ってきた。「お荷物をお持ちいたします、妃殿下」

乗務員がバックパックを持つと、イジーの全身の筋肉がこわばった。世話をされることに慣れず、とまどうばかりだ。

　イジーは窓側の席についてシートベルトを締めた。乗務員がバックパックをイジーに戻した。「お飲み物かお食事はいかがですか？」

「いえ、いいわ」胃がまだむかむかしているし、神経はすり切れかけている。飛行機の旅、ベルノニア、ニコ。ああ、少しでも気をまぎらせられれば……。

　彼女は頭上のライトをつけて、空調を調節した。ニコが隣に座った。「なにも欲しくないのかい？」

「ええ、いらないわ、殿下」

「ニコと呼んでくれ」

「それはどうかしら。結婚が無効になったら、平民にそんなに気安く呼ばれるのはいやでしょう」

「君は平民じゃない。生まれながらの王女だよ。サチェスティア王家の血が流れているんだ」

「そうかもしれないけど、育ちはアメリカよ。王族とは縁のない国柄だわ」

「アメリカにも非公式の王族はある。ケネディ家とかロックフェラー家とかヒルトン一族とか」

「そうね。でも、王女に憧《あこが》れたのは四、五歳までよ。ティアラをつけるのは私の夢ではなかったわ」

「気持ちのうえではアメリカ人でも、実際はベルノニア人なんだ。一族の歴史を知ったら驚くよ」

　イジーは興味を引かれて身を乗り出した。「私の一族に歴史があるの？」

「数百年にわたる歴史だ。父方の一族は我が国の土台を築くのに重要な役割を果たした。北部のサチェスティアが南部と統合し、今のベルノニアができたんだ」ニコはシートベルトを締めた。「なにか質問があれば、どうぞ」

　飛行機がうしろに動いた。

　ああ、どうしよう。

「心配ない」ニコはイジーの手に手を重ねた。肌は温かいが、柔らかくはない。傷やまめでごつごつしている。「滑走路まで飛行機を動かすんだ」

飛行機のことは忘れなさい。彼に触れられて、イジーは安心するどころかますます動揺した。手を引き抜こうとしたが、できなかった。「うろたえてごめんなさい。でも、もう大丈夫よ」

「君はよくやっているよ、イザベル。自分を誇りに思っていい」

ニコは手を引き抜かせてくれないが、その言葉はうれしかった。彼のためにも自分のためにも勇敢でありたい。フランク伯父さんもそう願っただろう。エンジンがうなりだし、イジーは息をのんだ。

心配ない。心配ないわ。心の中で必死に唱える。

飛行機は滑走路に移動した。窓の外には、闇《やみ》に輝く空港の明かりが見える。きれいだけれど、ハンサムな王子と手をつないで自家用機に乗っているより、家でテレビを見ているほうがいい。

でも、今さら外には出られない。

イジーは床に足を押しつけた。

「すぐに飛び立つよ」ニコが言った。

イジーはうなずくことしかできなかった。

飛行機がいきなりとまった。客室がデイトナ五〇〇の観客席のように揺れ、イジーは息をとめた。

突然、ジェット機が加速して滑走路を進んだ。

「深呼吸して」ニコが言う。

イジーが息をつくと、彼が手を握ってくれた。

今回は触れられて安心した。ニコの目を見つめてから、視線を口元に落とす。一瞬、気が遠くなるまでキスをしたらどうかと考えたが、ちょっと極端に思えた。離陸するまで、彼の胸に顔をうずめるほうがいいだろう。代わりにイジーは目を閉じた。

「僕を見てくれ、イザベル」

目を開けると、ニコの強い視線にぶつかった。

「大丈夫。僕といる限り、君は安全だ」

自信たっぷりの態度に、イジーはその言葉を信じそうになった。でも、実際に安全は存在しない。でなければ、両親は生きているはずだ。フランク伯父さんも。

ついに飛行機が離陸した。眼下の光がしだいに小さくなって見えなくなる。飛行機は急角度に上昇してから大きく揺れ、イジーはまた息をのんだ。

「乱気流だよ。ふつうのことだ」ニコが言った。

なに一つ、ふつうじゃないわ。離陸も、隣に王子が座ることも。この人生の転機となる冒険自体も。

しばらくしてようやく飛行機は水平飛行になった。

「巡航高度になった。悪くない」ニコが言った。

「そうね。でも、着陸もあるでしょう？」

ニコはにやりとした。「着陸のほうが楽だよ。時差のせいで疲れて、君は着陸の瞬間は寝ているかもしれない」

「眠れるかしら。今だって頭が混乱しているのに」

「眠るようにしたほうがいい。明日は忙しいから」

「裁判所に直行するの？」

「高等法院は土曜日は休みだ。まず城に行く」

「城？」

「両親が君に会いたがっているんだ」

「王様や王女様になんて会ったことないわ」

「あるけれど、覚えていないだけだ」

「お父様はどんな方？」イジーは尋ねた。

「実に……国王らしい人だ」

「なんだか怖いわ」

「父は君が無事でいるのを見て、安心したいだけだ。なにも心配することはないよ」

彼は間違っている。彼に触れられた腕のうずきをはじめ、心配事はいろいろある。おまけに私は彼に手を離してほしくないのだ。今も、ベルノニアに着いたときも……ずっと。

4

飛行機は高度約一万メートルを巡航し、客室の照明が落とされた。鈍いエンジン音が響く中で、ニコはふだんのようにくつろげなかった。明日は忙しい一日になるから、休息しないといけないのに。

座席を傾けて目を閉じたが、ついさまざまなことを考えてしまう。ベルノニア、ジュリアナ、父王、とりわけ隣の席に座る女性のことを。

イザベル。

目を開け、彼女のほうを見た。今は座席を傾けて枕《まくら》に頭をつけている。一時間近く、重いまぶたとあくびと格闘したあげく、ようやく眠りに落ちたのだ。疲れになかなか屈しようとしないその姿を見て、彼女はなににでも戦いを挑むのかとニコは思った。

そう、イザベルはまるで闘士のようだ。本人は否定しても、やはりベルノニア人なのだ。敵味方があるなら、ニコは彼女を味方につけたかった。幸い、戦いの日々は終わり、だれを支持し、だれと戦うか、選択を強いられることはもうないが。

ジュリアナと結婚の誓いを交わしたら、資金と国際的支持を得て、ベルノニアは近代国家になり、ゆくゆくは欧州連合《EU》への加盟を認められるだろう。もう障害はない。時代遅れの習慣も、子供時代に決められる花嫁も。ニコは再びイジーを見た。

僕は二十三年間、彼女と結婚していた。花嫁の箱を紛失しなければ、生きているとはわからなかった相手と。死んだと思っていたほうが事は単純だっただろう。だが、遺産を受け取れば、彼女の生活は劇的に向上する。そう考えれば、自分のしていることへの気の重さがいくらか軽くなるというものだ。

心配なのは、ベルノニアに着いたとたんイザベルが負わされる責任だ。国民は彼女を判断する。彼女は王女になるべく訓練を受けなければならない。しゃれた服と化粧で外見はよくなるし、マニキュアで爪の汚れはごまかせるだろう。手袋をはめれば、新しい流行を作れるかもしれない。

欠点もあるしエチケット知らずだが、イザベルはほかの王族とはひと味違う魅力がある。なにより伝統に縛られない。完璧《かんぺき》なジュリアナでさえ、ベルノニア以上に古風な王家の出身なのだ。

車の修理で生計を立てるイザベルには感心した。まるで兵士のような、その日暮らしの生活。戦時中は僕にとってもそれがふつうの暮らしだった。整備士の仕事を捨てても、イザベルは国民の身になって人々とかかわることができるだろう。

王女としては未熟でも、彼女はベルノニアには珍しい現代的な女性だ。それをうまく利用すれば、僕の計画を進められる。毛布に肩まで包まれた今は、女性というより女学生のようだが。

呼吸のたびに上下する毛布、枕に広がる茶色の髪、さっきまで見せていた頑固さが信じられないほど華《きゃ》奢《しゃ》な首。化粧をしなくても生き生きとしたまるい頬とふっくらした唇。彼女には自然の美しさがある。

威勢のよさや自立心も立派だが、こうした女らしい面も魅力的だ。挑戦的にこわばった顎も今はゆるんでいる。眠っているからだが、なんと穏やかなことか。起きているときは見せない表情だろう。

イジーの唇がかすかに開き、ほころんだように見えた。いい夢を見ているのか？　僕の夢か？

いや、彼女の夢など関係ない。妻だとしても、妹のように扱わなければ。それ以上の存在だと思うのは……ジュリアナと結婚することを考えるとまずい。

イジーが体を伸ばし、姿勢を変えた。毛布の上部が肩からすべり落ち、波打つ胸がさっきよりよく見えるようになった。シャツの襟元から白い肌とレースがのぞき、生地が胸に張りついている。室内の冷気のせいで胸の先の形がはっきりとわかった。

ニコは毛布を肩にかけ直した。

「殿下」ジョバンが通路に立って声をかけた。

ニコはあわててイジーから手を離した。

「到着まで、とくにすることはありません。どうぞおやすみください」ジョバンが毛布を手渡した。

どうせ眠れないとわかっていたが、ニコは毛布を膝にかけた。「買い物の手配は……」

「すみました。プリンセス・ジュリアナがお手伝いくださるそうです」

未来の妻がまもなく前妻になる女性を助ける？

しかも二人は対照的だ。「それは……興味深いな」

「プリンセス・ジュリアナは責任感の強い方ですから、殿下のお役に立ちたいのです」

だが、イザベルがそれを受け入れるだろうか。自立心の強さがじゃまをするかもしれない。「ジュリアナは立派な王妃になるだろうな」

ジョバンがうなずいた。「そしてプリンセス・イザベルのお手本にもなりますよ、殿下」

「ああ」ニコはイジーを見てから声を落とした。

「彼女には最大限の助けが必要だからな」

ジョバンがほほえんだ。「プリンセス・イザベルは予想とは違いましたが……生気にあふれています。気取りがなく、駆け引きをしません」

「確かに地に足がついている」ニコは同意した。

「やがては彼女自身が手本になれるだろう」

「それほど長くはベルノニアにおられないでしょう」

「ベルノニアをいろいろ見たら、その気になるさ。荷物は運ばせればいい」

「ずいぶん確信がおありですね」

「もちろんだ」ニコは断言した。「あのおんぼろ車を見ただろう。アメリカでの生活は最悪だよ」

「ご本人は気にしていないようですが」ジョバンが言った。「それに遺産を受け取れば……」

「たぶん本人もよくわかっていないんだ」

ニコは再びイジーの顔に目を向けた。唇はまだほほえんでいるようだ。キスしてみてもいいな。

いや、だめだ。たとえ……魅力を感じても。

ニコは側近に視線を戻した。「ベルノニアにいるのがイザベルには最善なんだ」ジュリアナがベルノニアにも、僕にも、最善なように。

「プリンセス・イザベルはどうお考えになるでしょうね」

「学歴はなくても、彼女は頭がいい。どこに自分の未来があるか、いずれ気づくさ」

「いざとなったら、塔に閉じこめればいいですしね」ジョバンが冗談めかして言った。

ニコは笑った。「君は父のそばにいすぎだよ」

「イザベル」

名前を呼ぶ声がするが、イジーは目を開けなかった。目覚まし時計はまだ鳴らない。つまり、これはまだ夢。ハンサムな王子に塔に幽閉されるという、おとぎ話と悪夢の混じった夢の続きなのだ。

「イザベル」男性の声が再び呼びかけた。「ベルノニアへようこそ」

どこ？　そして気づいた。私はベッドで夢を見ているのではない。重いまぶたを開けると、明るい陽光が窓から差しこみ、イジーはまばたきした。飛行機が着陸して停止しているのだ。

全身の筋肉がこわばった。昨日のことは現実だった。箱も、両親も、王子も。

「いい朝だ、イザベル」ニコが隣の席から言った。

イジーはまったく〝いい朝〟の気分ではなかった。我が家から遠く離れ、他人に囲まれて、疲れている。

そう言おうとニコのほうを向いたが、彼を見た瞬間、口の中がからからになった。

なんてセクシーなの。体が熱くなる。

無精髭《ひげ》のせいで危険な魅力が増している。

「夕食をあまり食べなかったから、空腹なんじゃないか？」

あなたなら食べてもいいけど。

ばかね、王子の目玉焼きなんて今朝のメニューにはないし、今後もないわ。この人はただの男性じゃない。少なくとも、高等法院が開かれるまでの数日間は、私の夫なのよ。

イジーは膝をおおう毛布の端をいじった。「いいえ。おなかはすいていないわ」

「念のため、あとで部屋に食事を運ばせるよ」

ルームサービス？　これまでルームサービスがあるようなホテルに泊まったことはない。この旅にはいいこともあるようだ。「ありがたいけど、面倒をかけたくないの。料理は自分で注文できるから」

「面倒じゃないよ」ニコが言った。

「私は自分でしたいの」

「ルカが温かいタオルを持ってきた」ニコはイジーの言葉を無視して続けた。「よければ――」

「いいえ、けっこうよ」

疲れているが気分はいい。イジーはあくびをした。もっと眠りたい。シャワーを浴びるのもよさそうだ。ホテルに着いたら……。

「母国を見る準備はできたかい？」ニコが尋ねた。

いくらベルノニア生まれでも、ここを母国と呼ぶつもりはない。「一日じゅう飛行機にはいられないものね」イジーは立ちあがってバックパックを肩にかけた。

「荷物は乗務員が運ぶよ」ニコが言った。

「かまわないわ」

「いや。乗務員は君に仕えるのが名誉なんだ」

「でも、なんだか落ち着かないわ。財布や身分証明書も中に入っているし」

「王女がバックパックを背負っているのは変だよ」

「これが私の全財産のようなものなの。それに、人がどう思おうと平気よ」

ニコの顎の筋肉がぴくりとした。「そのようだな」そして、唇が引き結ばれた。このしぐさはシャーロットでも見た。彼は私といて幸せではないのだ。

「人にあれこれ指図されるのがいやなのよ」イジーは言いわけすると、これ以上ニコに腹立たしいことを言われないうちに通路を進んだ。

飛行中に紹介されたほかの乗客はすでに飛行機を降り、パイロットを含む乗務員が客室の前部に並んでいた。イジーはみんなに礼を言って外に出た。

タラップの上で深呼吸をすると、さわやかな空気のおかげで元気が回復した。

空港はシャーロット空港よりも小さく、台地に造られていた。管制塔から滑走路まですべて真新しく、滑走路の向こうには岩山がある。

ニコが隣に立ち、タラップの下の黒いリムジンを手で示した。「僕たちの馬車が待っているよ」

車の前部には紋章の入った小旗が風にはためき、大きな銃を持った制服姿の衛兵がそばに立っている。黒いスーツ姿の男性がカートから荷物を取り、イジーのダッフルバッグを大事そうにトランクに入れた。

イジーは違和感を覚えた。私はこの人たちの仲間じゃない。思わず命綱のように手すりを握り締めた。

ニコが片腕を伸ばした。「疲れているだろう?」

その紳士的なしぐさにイジーは涙ぐんだ。フランク伯父さんも、通りを渡ったり駐車場の階段を下りたりするとき、同じように腕を貸してくれた……。

こんな感傷的になるなんて時差ぼけのせいだわ。でも、ニコの言うとおり、長旅で脚がこわばっている。これではタラップをぶざまにころがり落ちかねない。後悔するはめになるよりは安全策を取ろう。

イジーはニコと腕を組んだ。「ありがとう」

二人は並んでタラップを下りた。ニコはイジーに合わせてゆっくりと。彼を鎧《よろい》姿の騎士だと思ったのは正しかった。それでも彼の助けを必要とするのは居心地が悪い。伯父が亡くなって以来、五年間一人でやってきたのに。タラップを下りる間だけでも他人に頼るのは、妙な気分だった。

「本当に疲れているんだな」ニコが前方を見たまま言った。風に髪が乱れ、顔の傷跡がしっくりくる。完璧な王子でなくても悪くないわ。

「ええ」イジーはあくびをこらえた。「機内ではほとんど寝ていたから不思議だけど」

「時差ぼけだよ。シャーロットでは今は夜中だ。慣れる時間が必要だな。もうすぐ休めるよ。体内時計が狂うから、あまり寝すぎるのもよくないが」

「うたた寝でいいわ」

「うたた寝ならできるよ」

にやりとしたニコの顔に、イジーは息をのんだ。ああ、おやすみのキスをしてくれたらいいのに。

思わず段を踏みはずし、体がうしろに傾いた。右手で手すりを、左手でニコの腕をつかむ。尻もちをつく前にどうにか彼が支えてくれた。

「大丈夫か？」

「おかげさまで」イジーは感謝をこめて言った。

「あと数段だ」

よかった。全身の震えは、ころびかけたからではなく、ニコのせいだ。彼の強烈な存在感にいやおうなく引き寄せられる。彼から離れなくては。

滑走路に着くと、イジーはニコから腕をほどいた。彼から離れてリムジンに乗ったときにはほっとし、革張りの座席にもたれて脚を伸ばした。

ところが、リムジンに乗りこんできたニコは、ほかの座席があいているのに、イジーの隣に座った。

そして、腿に腿を押し当てた。わざとではないと思っても、体が熱くなる。

彼はすてきな人だけれど、惹《ひ》かれてはいけない。今は私の夫でも、もうすぐほかの女性と結婚する予定で、心は手に入らないのだから。

イジーは横に体をずらした。彼への欲求をしずめなければ。「ジョバンはどこ？」

「助手席にいる」ニコがボタンを押すと、車の後部と前部を仕切るスモークガラスが下がった。「ジョバンが今日の買い物の手配をしてくれるよ」

「今日買い物をする必要はないわ」

「君は疲れているし、ここに慣れる時間をもっとあげたいが、両親は今夜の晩餐《ばんさん》に君が同席してくれるものと思っている」

「今夜？」声がうわずった。「う、うれしいけど、晩餐はいらないわ。だって、数日後には結婚も無効になっているんですもの」

「僕たちの両親は友人同士だった」ニコが説明した。「君は今後もずっとベルノニアの王女だし、僕たちを家族と思えばいい」

家族。イジーはせつない気持ちになった。その言葉には複雑な思いをかきたてられる。私にはフランク伯父さんしか家族はいなかった。「寛大な申し出だけど、私は王族というより農民の気分だわ」

「つまり王族の農民だな」ニコが言う。

「王族の浮浪者はどう？」イジーは言い返した。

ニコの目が笑った。「農民でも、浮浪者でも、王女でも、君はここで受け入れられるよ、イザベル」

これまで私を受け入れたのはローディたちだけだ。でも、気を楽にしようとしてくれるニコの努力はありがたい。イジーはあくびを噛《か》み殺した。

「休んだあとは買い物だ。だれかに必要な衣類を選ぶ手助けをさせるよ」

「ありがとう」手助けの申し出に怒るべきか感謝す

べきか、わからなかった。流行には無頓着《むとんちゃく》だが、色に鈍感ではない。「たくさんはいらないわ」

「たいていの女性は何着も欲しがるだろう」

「私はたいていの女性じゃないのよ」

ニコはイジーを見た。「ああ、そうだな」

イジーはその言葉をお世辞だとは思わなかったが、腹も立たなかった。そう、私は王女の器じゃない。ベルノニア人でもない。必要なことをして、家族について知り、シャーロットに戻るだけ。

リムジンが空港を出ると、ニコは窓から前方に見える町を指さした。「首都に入るよ」

イジーは、シャーロットよりこぢんまりした町を見て驚いた。しかし、狭いながらも通りの喧騒《けんそう》には町らしい活気が感じられる。

四階建てのビルの建築現場でクレーン車が鉄骨をつりあげ、隣では新しいオフィスビルにペンキが塗られている。通りの反対側では、カラフルなスカートにブーツ姿の女性がベビーカーを押し、背広姿の男性が鋼鉄とガラス製の新築ビルに入っていく。

「どう思う？」ニコが尋ねた。

「子供同士を結婚させる国にしては近代的ね」

「言っただろう。今ではそれは違法なんだ」

「ええ。すべてが新しくて清潔だわ。通りも」

「この地区は爆弾で破壊されたんだ」ニコは説明した。「再建には時間も金もかかる。資金を最大限に活用する計画が進められているよ」

やがて別の地区に入ると、それぞれ違う色に塗られた、石や煉瓦《れんが》造りの小さな長方形の建物が並んでいた。多くは古い建物だ。「ここは住宅街？」

「そうだ」

カラフルな家々には一つ似たところがある。どの家にも穴があいているのだ。弾痕《だんこん》だろうか。一本の柱に追悼の看板がかけられ、花と写真が供えられている。イジーは身震いした。

「戦時下の生活なんて想像もつかない。テレビで九・一一の取材番組を見るだけでも本当につらかった。こんなことは二度と起こらないでほしいわ」

「そのつもりだ」ニコは断言した。「戦争はいやなものだが、内戦はとりわけ残酷だ。友人同士、兄弟同士が戦うんだから。幸い体制擁護派も分離派も条約を受け入れ、内戦後の選挙は成功した。ほかのバルカン諸国を悩ませた問題も避けられた。この平和を維持して、ベルノニア人全員の勝利を見たいんだ。紛争の際にどちらの側を支持したかにかかわらず」

イジーの中にニコへの敬意がわきあがった。「がんばって」

「ありがとう」

リムジンは市街を出て急な丘をのぼった。道の両側に高い木が立ち並び、影を落としている。丘の頂上まで行くと、遠くに城が見えた。

イジーの胸の鼓動が三倍の速さになった。

絵に描《か》いたような城だ。小塔が空に突き出し、明かり採りの窓が光を反射して、屋根の銀色のタイルが朝日に輝いている。こんなに美しいものを見るのは生まれて初めてだ。「すばらしいわ」

「戦争を経ても、城は幸い無事だった」ニコは言った。「壁に銃弾を受けたが、それが最悪の被害だ」

「おかげで」ジョバンが前の席から振り返った。「王族一家は紛争中も居城におられました」

「戦っていないときはな」ニコが言った。

王族も前線に出ると知ってイジーは驚いた。「あなたも戦ったの？」

「ああ。兄と僕は国の伝統を守るために体制擁護派とともに戦ったんだ」

国のために命がけで戦う戦士としてのニコが目に浮かぶ。イジーは思わず彼の頬の傷跡を指さした。

「この傷も戦いで？」

「ああ、みんな、なんらかの傷を負っている」ニコは言った。「体にも、心にも」

ニコにはほかにも傷があるのだろうか？　イジーは知りたかった。この一見冷静な王子の内面をさぐりたい。でもそれは、親が結婚相手と決めた男性への単なる好奇心だ。

リムジンが城に近づくと、目の前に巨大な溝が見えた。これは濠《ほり》？

そうだわ。両側に衛兵の立つ橋の下に川が流れている。一人がリムジンに、渡るようにと手を振った。

二分後に車が大きな木製のドアの前でとまると、制服姿の男性が出てきた。その立派な姿を見て、イジーは自分がひどくみすぼらしく思えた。どうりでニコが買い物にこだわるわけだ。

「お荷物はお部屋に届けさせます」リムジンから降りる前にジョバンが言った。

「ちょっと待って」イジーはニコの目を見つめた。「ホテルに泊まるんじゃなかったの？」

「君は法的に僕の妻だ。婚姻無効が認められるまでは城に泊まってもらう」ニコが言った。

「ホテルに泊まりたいわ」

「だめだ」

「でも――」

「泊まるなら、城がいちばんだ」

城に泊まるべきでない理由はいくらでも挙げられるが、イジーは一つにしぼった。「私はホテルのほうが快適なの」

「ここのほうが快適だ」ニコが切り返した。「君の気まぐれにも、城のスタッフなら応じられる」

「私は気まぐれなんかじゃないわ」

ニコの顎がこわばった。「ホテルはだめだ」

「でも、本当に――」

「交渉の余地はない」

疲労で頭がよくまわらない。「お願い」

「ここがいちばんよく眠れる。信じてくれ」

イジーは信じられなかった。

「それに、城のほうが警備面でも安全だ」

「いいわ、それなら受け入れられるわ」イジーは高飛車に言った。「でも、婚姻無効が認められたらすぐここを出るわよ」

〝ここを出るわよ〟

ニコはイジーを召使いにまかせる前に一瞬思った。よかった、せいせいするよ。

だが、そんな思いを胸にしまい、両手を拳《こぶし》に握った。彼女のレベルに自分を落とすものか。

イザベルは無作法で生意気だ。ふるまい方もわかっていない。礼儀作法の本を持たせて、一カ月間塔に閉じこめれば、王女らしくなるだろうか。あのRV車よりは塔の部屋のほうがましなはずだ。まあ、彼女は修理工場の油くささが恋しいだろうが。

「ニコ」

ニコは立ちどまって拳をゆるめた。〝妻〟へのいらだちを、近く新妻になる女性にぶつけたくはない。

ジュリアナは図書室の入口に立っていた。ショート丈のジャケットとブランド物のスカートがスタイルを際立たせ、巧みな化粧が容貌《ようぼう》を引きたてている。長い金髪が照明に輝いた。「おかえりなさい」

完璧という言葉が頭に浮かんだ。ベルノニア王妃にこれ以上ふさわしい王女は見つからないだろう。才色兼備で、ドイツ語、フランス語、イタリア語、英語の四カ国語を話し、ヨットはオリンピック級の腕前。スピーチもうまい。一族のコネと財産もあるが、なにより義務感が強い。国が自分に期待するものを理解し、疑問を持つことなく務めを果たす。イザベルとは正反対だ。

「また会えてうれしいよ、ジュリアナ」

「私も」ジュリアナは心からうれしそうだ。二人の将来を考えれば、これはいい前兆だろう。現在の妻のことを思い出しさえしなければ。「いい旅だったらいいけれど」

　廊下に人けはないが、どこかで立ち聞きされないとも限らない。「奥で話そう」ニコは書棚の奥の小さな会議室に入り、ドアを閉めた。

　ジュリアナはよく磨かれた胡桃《くるみ》材の机を指で撫《な》でた。「こんな部屋があることも知らなかったわ」

　勉強中の兄のじゃまをした記憶がよみがえり、ニコは悲しみをこらえた。「イザベルの買い物を手伝ってくれるそうで、ありがとう」

　ジュリアナはやさしくほほえんだ。「私にはそのくらいのことしかできないもの」

　ニコは常に国事を優先してきた。デートはしても、秘密を打ち明けたり助けを求めたりする真のパートナーはいなかった。それもすぐに変わるだろう。

「ありがとう」

「いいのよ。買い物は大好きだから」

　未来の配偶者に現在の妻の愚痴をこぼすつもりはないが、ジュリアナに予備知識は与えたかった。

「イザベルは買い物嫌いみたいなんだ」

「買い物の必要性を説いてみるわ」

「むずかしいだろうな。彼女は王女になりたがっていないから」

　ジュリアナは心得顔でほほえんだ。「口では認めなくても、女性はみんな王女様になりたいものよ」

「イザベルは違う。女らしさをあれほど否定する女性に会ったのは初めてだよ」

　ジュリアナは眉をひそめた。「イザベルは男性になりたいの？」

「いや。だが、彼女は車の整備士だ。すっぴんで、いつもつなぎを着て、ドレスやハイヒールは持っていない」

「あなた、腹を立てているみたいね」

「彼女といると腹が立つんだよ」

「第一印象は当てにならないわ」ジュリアナはなだめた。「イザベルはショックを受けているのよ」

「確かにショックは受けていたが、僕の印象はそう間違っていないと思う。彼女は若く、ろくに考えずに話す。王族らしさをまるでわかっていない」

「なんだか新鮮な感じね」

「昨日は僕もそう思ったが、今日は……衝突してばかりだ。ゆうべ眠っているときは静かだったが、今朝起きたら、美女というより野獣だったよ」

ジュリアナはにっこりした。「彼女、美人なの？」

「そうでもないが、魅力を覚える男はいるだろう」

「あなたは？」

「彼女は僕の妻だ。そういう目では見ないよ」

ジュリアナの瞳が愉快そうに輝いた。「そう」

「勝手に決めつけないでくれ。幸い、結婚の無効が唯一の選択肢だということは理解してくれた。君と僕が結婚すると聞いて、喜んでいたよ」

ジュリアナはため息をついた。婚約と婚礼の障害がなくなって、ほっとしたのだろう。「披露宴には彼女も呼びましょう。ロイヤルウエディングは出席者がどんなに多くてもいいわ」

「君はやさしいな。でも、イザベルはベルノニアにそう長くいたくないんじゃないかと思う」

「あなたが説得しなくちゃ」

「君は彼女に会ったことがないからそう言うんだ」

「関係ないわ。イザベルにはベルノニアで果たすべき務めがあるのよ」

「それはそうだが、イザベルは……自立心が強い。務めを果たすタイプじゃないよ」

「訓練が必要ね。私が彼女の手助けをするわ」

「そんなことを言って、後悔するはめになるぞ」

「ねえ、あなたの話だと、まるで彼女は鬼みたい」

「鬼じゃない」ニコは認めた。「石頭だ」

「私には弟が四人いるのよ。石頭くらい、なんとかなるわ」

「とりあえず買い物をしてみて、それから引き続き彼女の手助けをするか決めればいい」

「ドレスアップした彼女を見て、あなたがどう思うか早く見てみたいわ」

ニコの肩がこわばった。イザベルが完全なイメージチェンジに同意するはずがない。「晩餐までにドレスを着させてくれ。それだけで感謝するよ」

「それなら、明日またヨットに乗せてくれる？」

アメリカに行ったために予定が大幅に狂い、今は暇な時間などない。イザベルの世話を肩代わりしてくれるジュリアナには感謝しているが、さすがの彼女でも晩餐までにイザベルを変身させられるだろうか。でも、ジュリアナがその気なら……。

「イザベルを両親に会わせられる姿にしてくれたら、喜んで明日ヨットに乗る時間を作るよ」

5

イジーはここを好きになりたくなかった。絶対になじむつもりはない。短い訪問期間中には、だれにもなににも愛着を持たないほうがいい。でも今は、ベルノニア以外のどこにもいたくなかった。

このふかふかした感触。これにまさるものはない。

彼女はクイーンサイズの四柱式ベッドに横になっていた。心地よいマットレスに羽毛の枕《まくら》、高級なシーツ。思わず喜びのため息がもれる。

ああ、最高の昼寝。

もう少しふかふかした感触を満喫したくて、目を閉じていた。けれど、あまり長くはいけない。ニコに言われたように、体内時計が狂ってしまう。

ニコ。

私をマレという召使いに引き渡したとき、ニコは幸せそうではなかった。確かに私は無礼だった。ただ、他人に指図されるのがいやなのだ。私はニコの家臣ではない。それに、アメリカ人なのだ。

彼の野性味のあるハンサムな顔が頭に浮かんだ。あの魅惑的な青緑色の瞳、とびきりの……。

どうして彼のことを考えているの？　イジーは目を開けた。部屋は闇《やみ》に包まれている。おかしい。横になったときは、窓から光が差しこんでいたのに。寝過ごしたの？　イジーはパニックに襲われた。はね起きてナイトテーブルの時計を見た。まだ二時間半しかたっていない。ほっとしたが、部屋が暗い理由はわからないままだ。見まわすと、厚手のカーテンが引かれていた。眠る前は開いていたのに。

イジーはとまどった。ここ五年間は一人暮らしで、睡眠中に人が部屋に出入りするのには慣れていない。やはり、ここには長居しないほうがよさそうだ。

彼女はベッドから出た。贅沢《ぜいたく》な生活とはまさにこのことだ。内装の豪華さは、おとぎ話じみた城の外観をもしのぐ。まるで骨董《こっとう》家具や有名絵画が展示された美術館にいるようだ。

広い浴室に入ると、大理石のカウンターに化粧品が置かれていた。だれかが荷物から出したのだろう。人になんでもやってもらうのはどうもきまりが悪い。

金のフックにかかったベロアのガウンは、ふだん着ている服より上質な生地でできている。

イジーは金色のシンクで歯を磨いた。蛇口から石《せっ》鹸《けん》の包装紙のシールまで、すべてが金色だ。白地のタオルにも金糸の刺繍《ししゅう》がある。フランク伯父も興奮しただろうと思うと、胸がせつなくなった。

でも、伯父はただの整備士ではなかった。城やこんな浴室にも慣れていたのだろう。ＲＶ車での暮らしは対極だった。伯父は私をかくまっていたのだろうか？　あるいは、私になるべくふつうの生活をさせたかったのか。とにかく理由があって、過去を秘密にし、ああいう育て方をしたのだろう。

　アレクサンドルとエバンジェリン・ズボニミールが生みの親でも、私の父親はフランク・ミロスラフだ。怪我《けが》をしたときは涙をふいてくれ、学校で変わり者とからかわれたときは自信をつけさせてくれた。自分の家族を捨てて私を別の国で育て、命を救ってくれたのだ。もうお礼も言えないけれど、なんとか伯父に償いをしたい。伯父の親戚《しんせき》を見つけて、伯父のしてくれたことを伝えるのもいいかもしれない。

　感情がこみあげ、喉がつまった。シャワーを浴びれば、気が晴れるだろう。イジーは湯を出すと服を脱ぎ、広いシャワールームに入った。

　快適なベッドとシャワーは王女の特典だ。眠っている間のプライバシーの侵害も許せる気がする。こんな心地よいシャワーを浴びれば、たいていのことは許せるし、忘れられる。

　ふだんはＲＶ車の窮屈なスペースで数分ですませるが、今は指先がふやけるまで浴びた。

　ああ、最高。湯をとめてタオルで体をふいてから、贅沢なガウンを着て髪をとかした。

　寝室に戻ると、ダッフルバッグは置いた場所になかった。イジーは周囲を見まわした。バックパックはテーブルにあるが、ダッフルバッグは見当たらない。変だ。たぶん化粧ポーチを浴室に置いたスタッフが片づけたのだろう。衣装だんすの中を見たが、からのハンガーがかかっているだけ。二つの引き出しの中にもバッグや服はない。ベッドの下にも。

　困ったわ。服を着たいのに。飛行機の中で着ていた服はあるが、それをまた着る気にはなれない。

　しばし考えた。やはり、だれかがダッフルバッグを持っていったに違いない。服を洗ってアイロンをかけるためか、理由はわからないが。

これだけの城なら、スタッフはおおぜいいるはずだ。だれかを呼びとめて、マレに連絡してもらおう。

イジーは部屋から顔を出した。広い廊下に人の気配はない。「だれかいない？」小声で言ってみたが、返事はなかった。

だんだんいらだってきた。お城なら召使いや執事が忙しく走りまわっているはずよ。こうなったら、自分で見つけるしかないわ。

イジーはガウンのサッシュを締めて廊下に出た。どの部屋かわからなくならないように、ドアは開けたままにしておいた。

部屋から遠ざかるにつれ、落ち着かなくなってきた。濡《ぬ》れた髪にガウン姿で裸足《はだし》のまま歩くなんて、王女らしくない。やはり戻ったほうがよさそうだ。

引き返そうとしたとき、白髪の男性が近くの部屋から出てきた。立派なスーツを着た長身の老紳士で、少し足を引きずっている。よく見ると義足だ。

〝みんな、なんらかの傷を負っているよ。体にも、心にも〟

ニコの言ったことは冗談ではなかった。老人が戦争で戦うなんて信じられないが、昔は兵士だったのかもしれない。この国の人々が耐えたものを考えると、胸が痛くなった。

イジーは別方向に向かう老人に走り寄った。「すみません」

老人は足をとめ、イジーを見て目を見開いた。

「ここで働いている方？」イジーは尋ねた。

老人はまばたきした。「そうだが」

「やっと見つかったわ」

老人はイジーを見た。「どなたかな？」

「私はイジー。今朝アメリカから着いたところなの」

「ようこそ、イジー」老人は顔をしわくちゃにしてほほえんだ。「私はディーだ」

「よろしく、ディー」しわがあっても、老人は魅力的だった。若いころはさぞハンサムだっただろう。イジーは思わずニコを思い出した。「困っているの。服を入れたバッグが消えちゃって。部屋をさがしたんだけど、見つからないのよ」

「おお、それは大変だ」

イジーはうなずいた。王族よりもスタッフといるほうが楽だ。やはり王女に向いていないのだろう。

「忙しいでしょうけど、マレを見つける方法を教えていただけない？　彼女が私の担当だから、バッグのありかを知っているんじゃないかと思って」

「城をうまく運営するのも私の仕事だ」

「まあ、お城の管理人なのね」

「そんなところかな」老人は愉快そうだ。「マレの居場所は知らないが、服のある場所はわかる」

「よかった」

ディーは腕を差し出した。「ご案内しよう」

イジーはその腕を取った。「ありがとう」

ディーはしっかりした足取りで歩いた。「これまでのベルノニアの印象は、イジー？」

「空港から来る途中はあまり見なかったけど、このお城は……」彼女は天井に描かれたフレスコ画を見た。「まさにおとぎ話の世界ね」

「部屋がお気に召したのならうれしいが」

「すてきよ。ありがとう」イジーは言った。「本当はホテルに泊まりたかったんだけど、プリンス・ニコがお城にと言ったの。ここのほうが快適だって」

「実際快適ならいいが」

「着いてまだ数時間だけど、もう気持ちよく昼寝をして、シャワーを浴びたわ」

「それは幸先《さいさき》がいい」ディーが言う。

イジーはうなずいた。ニコもそう思うだろうか。さっきは早く私から離れたがっていた。さっさとアメリカに帰したがっているのは間違いない。早く帰りたいのは私も同じだ。

「さがし物はここにあると思うが」ディーが両開きのドアの前でとまって片側を開いた。「この舞踏室のドアは重くてね」

イジーは中をのぞいて息をのんだ。ここは舞踏室ではない。衣料品店だ。靴や服のラックの間に凝った衣装を着たマネキンがところ狭しと並び、ミニスカートにハイヒール姿のおしゃれな女性たちが忙しく動きまわっている。それぞれバッグや下着や靴を持って。さまざまな香水の香りがする。

思い描いていた買い物とあまりに違い、イジーは凍りついた。ファッションにはまるで興味がない。おしゃれでなく、着やすい服がいいのだ。おまけに、この女性たちはみんな、私のために骨を折っている。ニコもジョバンも。

三面鏡のそばに、婦人服の中で場違いに見える男性がいた。ニコだ。シャワーを浴びて、髭《ひげ》を剃《そ》り、スーツを着替えている。修理工場で見たときと同様、セクシーだ。そう思ったのはイジーだけではないらしく、ほかの女性も数人、ちらちら彼を見ている。

ニコは気づいていないようで、金髪のスーパーモデルと話しこんでいた。イジーはいっそう自分が場違いな気がして、腕組みをした。

ディーが咳《せき》払いをした。会話がやみ、女性たちの動きがとまった。みんな視線を下げてお辞儀をする。

「どうしたの？」イジーはディーにささやいた。

「大丈夫。なんでもないよ、イジー」ディーがほほえむ。

ニコがイジーを凝視した。「君はなにを――」

「イジーの服が入ったバッグが部屋から消えたそうだ」ニコの険しい形相にもおじけず、ディーが勇敢に言った。「それで私が助けを申し出た」

「彼女のサイズを知る必要があったので、バッグを借りただけですよ、父上」

イジーははっと息をのんだ。「父上？　ディーっていうのはドミタルの頭文字なのね」

「そのとおりだ」ディーが言った。

「どうしよう」イジーは頬がほてり、ガウンの前をかき合わせた。「王様ね、箱のことで私にメールをくれた。ああ、私ったら大ばかだわ」

「父上――」

ドミタル王が手を上げてニコを制した。「ばかではないよ、イジー。君は楽しい女性だ。ご両親のいちばんいいところを受け継いだらしいな」

イジーの胸に感情がこみあげた。「ありがとうございます、陛下」

王はニコに顔を向けた。「イジーは私たちの流儀を知らないんだ。部屋に一人残して、服がどこに消えたかあわてさせたりしてはいけない」

ニコはお辞儀をした。「はい」

王はイジーに視線を戻した。「提案だが、イジー」

「はい、ディー。いえ、陛下」

「クイーン・ベアトリスはピンクを好まない。買い物中はそれを心にとめておいてくれ」

「はい」イジーはほほえんだ。「私もピンクはそんなに好きじゃありませんから」

「けっこう」王はドレスのラックを見た。「王妃は紫色が好きだ。私も」

「覚えておきます。ありがとうございます」

王は部屋じゅうの人を見渡してから、ニコと話していたブロンド美人に目をとめた。「元気そうだな。買い物はまかせるよ」そう言って、立ち去った。

ドアが閉じるとすぐに女性たちはマネキンの小物運びを再開し、ブロンド美人がそれを監督した。

イジーはふうっと息を吐き出した。「まさかあなたのお父様だったなんて」

ニコはいらだった表情で隣に立った。「だれだと思ったんだ？」

「お城の管理人よ」

いらだちが消え、思わずニコは笑った。「まあ、それも父の仕事の一つではあるな」

「あなたは助けてくれないのね」

「君は人の助けを必要としないんじゃなかったのか」

イジーは顔をゆがめた。

「その表情に合う服をさがすのは大変だろうな」

「どんな表情にも合う服を自分で見つけるわ。だいたい買い物は店でするると思ったのに。こんなのちょっと……やりすぎじゃない？」

「王女にはふさわしい」ニコは言った。「行くべきところがいろいろあるからな」

「ああ、シンデレラの経験したことがわかってきた気がするわ」

「ただし、君の靴はすでにサイズが合っているが」

「でも、私たちはなるべく早くそれを脱ぎたい」

「そういう計画だ」

うれしそうなニコの声に、イジーは顎をこわばらせた。「私だって結婚を無効にしたいのよ」

そのとき、ハイヒールをはいたスーパーモデルが軽快な足取りでやってくると、白い歯を見せてにっこりした。「プリンセス・イザベルね」

「イザベル」ニコが紹介した。「アリエストルのプリンセス・ジュリアナ・フォン・シュネッケルだ」

ジュリアナ。ニコのガールフレンドで将来の妻。彼女も王女なのだ。こんな自信に満ちた美女なら、ニコが私との結婚を無効にしたがるのも無理はない。どうしたって私はかなわない。イジーは足で床をこつこつと打つのをどうにかやめた。

ジュリアナが手を差し出した。マニキュアをほどこした指の爪まで、この王女はすべてが完璧《かんぺき》だ。

「お会いできてうれしいわ、イザベル」

イジーは握手をした。「私こそ」

ニコが興味深そうに二人を眺めている。今の妻と将来の妻を比較しているに違いない。彼が見ている中で、服を試着するなんてごめんだわ。

「こんなに準備してくれてありがとう、ニコ」イジーは努めて明るく言った。「でも、あなたはお仕事があるでしょうから、ここにいてくれなくていいわ。お父様の言ったとおり、人はそろっているもの」

「ああ。だが、会議まで数分ある」ニコが言った。

最悪、とイジーは思った。

「あなたはこのままイザベルといて」ジュリアナが言った。「私はみんなを持ち場につかせるから」

「そんなに悪いものじゃないよ」ジュリアナに声が聞こえないところまで行くと、ニコは言った。

「それなら、あなたが試着したら？」

「僕の脚はドレス向きじゃない」

「私の脚もよ。ドレスなんてずっと着ていないもの」たしかフランク伯父の葬儀以来だ。

「着れば似合うよ」

イジーは肩をすくめた。「新しい服を着たって、王女にはなれないわ」

「なにを着ようが、君はもう王女だ」ニコが言った。

「だが、ここでは新しい服のほうが快適だよ」

イジーは舞踏室の天井から下がる大きなシャンデリアを見た。「それはありえないわ」

「まだ着いたばかりだからさ」

「私は彼女とは違うの」

「彼女？」

「プリンセス・ジュリアナよ」

「それはそうだ。ただ、服が必要だと君が言ったから、買い物の手はずを整えたんだよ」

「口は災いの元ね」

「まあね」ニコは愉快そうだ。「だが、これは贈り物だ。君が問題解決のためにわざわざ来てくれたお礼さ。さあ、好きなだけ選んでくれ。国を出たら着ないつもりなら、いつでも寄付すればいい」

たいした贈り物だわ。やはり王族は違う。「こんなのお金のむだ使いよ」

「費用は関係ない」

「あなたにはね」イジーはニコの目を見つめた。「でも、私には車が何台も買えるお金なのよ」

ニコはにやりとした。「わかっているよ」

ふと心が通じ合った気がして、イジーは目をそらせなかった。いや、そらしたくなかった。どれだけ長く立っていたかわからないが、まるで永遠のように感じられた。

「お二人とも言い合いは終わった？　そろそろ買い物ができるかしら？」ジュリアナがおどけて尋ねた。

ニコが目をそらすと、イジーは絆《きずな》が断たれたような妙な疎外感を覚えた。時差ぼけのせいだわ。

ニコは将来の花嫁を見た。「もちろん」

「それなら行って」ジュリアナがドアを示した。「あなたがいると、イザベルが落ち着かないから」

ニコはうなずいた。「買い物を楽しんでくれ」

イジーは彼が部屋を出るのを見送った。「買い物の仕方を教えてもらえるかしら」

「あなたにはいろいろ教えるわ。王子との接し方もその一つよ」

「私にはあんなふうにニコをあしらえないわ」

「もうあしらっているじゃないの」ジュリアナはいたずらっぽくほほえんだ。「じゃあ、買い物をしましょう」

「待って」ジュリアナの最初の言葉はどういう意味かしら？　いえ、考えすぎよ。「私、買い物とか服とか、そういうことはあまり得意じゃないの」

ジュリアナはにっこりした。「それなら私がいてよかったわね」

6

その晩、ニコはジュリアナと正餐《せいさん》室に立ち、両親とイジーの到着を待った。水差しや皿を持って召使いがあわただしく歩きまわり、期待感があたりに満ちている。だれもがプリンセス・イザベルを見たいのだ。あいにく彼女はみんなの期待する王女ではない。生まれながらの権利によってここにいても、本人はそれを望んでいないのだ。イジーが去ることを考えると、ニコはなぜかせつなくなった。たとえ彼女が王家の笏《しゃく》よりスパナが似合う女性でも。

「遅いな」ニコは腕時計に目をやった。

「遅くないわ」緑色のカクテルドレスと銀色のハイヒール姿のジュリアナはあでやかだ。イザベルにはとても着こなせないだろう。「王女は堂々と入場しなくちゃ。見たくてたまらないでしょう？」

「今夜どれだけの被害対策が必要か知りたいんだ。たぶん彼女は同席しないことにしたんだろう」

「そんなことないわ」ジュリアナはほほえんだ。

「ちなみに明日の風はヨットに向いているはずよ」

「実際に見れば、信じるよ」

「風のこと？　それとも、あなたの奥さん？」

ニコはジュリアナが好きだった。愛はなくても、友情は深まっている。友情は結婚のよい礎となり、やがては情熱もわくだろう。いや、情熱は長続きしないから友情でいい。「奥さん役はまもなく……」

正餐室の外に足音が響いた。ニコがちらりとドア口を見ると、ラベンダー色のドレスを着た美女がためらいがちな微笑をたたえて立っていた。思わず胸の鼓動が速くなった。

なんて美しい。視線はすぐに表情豊かな瞳に引きつけられた。それ以外の部分も魅力的だ。高く結いあげた茶色の髪、卵形の顔を縁取る巻き毛。だが、やはりなんといっても目だ。

「明日は何時にセーリングに行きましょうか？」

「何時？」ニコは尋ねたが、目はドア口に釘《くぎ》づけだ。

ジュリアナは笑った。「イメージチェンジは大成功ね」

ニコは女性を見直した。「イザベルか？」

「すっかりきれいになったでしょう？」

まさかこれほどとは！　息をのむ美しさだ。

「彼女が男みたいだなんて信じられないわ」ジュリアナが静かに続けた。「ピンクが嫌いでモーターオイルが好きでも、彼女はれっきとした女性よ」

「わかるよ」

ニコは装いも気に入った。膝丈のドレスは長い脚を強調している。こんな脚なら、つなぎやジーンズの下に隠さず、見せびらかすべきだ。

「まあ、中身を王女に変身させるのは時間がかかるでしょうけど」ジュリアナが認めた。「イザベルはなんでも思ったことを口にするから、それをやめないと、マスコミの餌食《えじき》になるわ」

「今は君の能力を信用しているよ」

「楽しかったわ。イジーは典型的な王女ではないかもしれないけど、チャーミングな女性よ」

「イジー？」

「友達はそう呼ぶんですって」ジュリアナは言った。

確かにイザベルはイジーと呼んでと言ったが、ニコは正式名のほうが好きだった。イジーは……陳腐すぎる。だが、今の彼女は陳腐とはほど遠い。ラベンダー色に色白の肌が映え、デザインがスタイルのよさを際立たせている。彼女はまさに王女だ。「友達は彼女と気づかないだろうな」

「あなたも気づかなかったでしょう」

「ショックだよ」

「それだけ？」ジュリアナは尋ねた。

魅力、欲望、情熱。だが、それを将来の妻に言うべきではない。「それだけだ」

「さあ、ニコ、彼女をエスコートして」ジュリアナはニコの反応が心底うれしそうだ。「まだイジーはハイヒールをはいたときの歩き方を習得中なの。失敗して、彼女が自分を責める姿は見たくないわ」

ニコはほほえんだ。「君の芸術作品を連れてくるよ」イジーに近づくと、その変身ぶりにますます感心した。巧みな化粧が高い頬骨を引きたて、グロスが唇を輝かせている。「きれいだよ、イザベル」

「ありがとう」見事な変身の中で、変わらないのはバニラとジャスミンの香りだけだ。「なんだか詐欺師みたいな気分だわ」彼女はささやいた。

ニコはその声ににじむ動揺が理解できなかった。イメージチェンジに満足しているはずなのに。「なぜ？」

「私は私。包装紙が変わっただけだもの」イジーは説明した。「化粧は道化みたいだし、このドレスにハイヒールじゃ街娼《がいしょう》に見えるんじゃないかしら」

ニコはたじろいだ。「だれが見ても王女にしか見えないよ」残念ながら、話し方は王女らしくないが。

「うれしいわ。百パーセント真実でなくても」

ニコは腕を差し出した。「どうぞ」

「王族はエスコートが好きなのね」

「これも王子教育の一環だよ」

「王女教育も受けられるの？」イジーはきいた。

「君の教育はもう始まっている」

彼女は唇をすぼめた。「冗談で言ったのよ」

ニコは眉を上げた。「僕は本気だ」

イジーが警戒ぎみに腕に手を添えると、ニコは熱い衝撃を感じた。いや、静電気か。

「言っておくけど、床に尻もちをつきたくないからエスコートされているだけですからね」

ニコは一瞬、彼女のまるいヒップを見て後悔した。

僕はいったいなにをしているんだ？

あわてて視線を上げて、イジーの目を見つめた。ほかはだめだ。ドレスの下のランジェリーなど知らないほうがいい。だが、エロチックなイメージがわいて頭を離れない。「そんなことは起こらないよ」

彼女のためにも。僕のためにも。

イジーはぐらつきながら一歩進んだ。「なぜみんな、こんな拷問具みたいなものをはくのかしら」

「君はなぜはいたんだ？」

「プリンセス・ジュリアナがはくようにと言ったからよ。王女には靴箱いっぱいの靴が必要らしいけど、どれも堅苦しいのばっかり」

その憤然とした口ぶりに笑みを誘われながら、ニコは彼女を正餐室へ案内した。

イジーは部屋を見まわした。「すごい」

彼女の畏怖《いふ》の表情は理解できた。大理石の暖炉に金のダマスク織りでおおわれた壁、シャンデリア、繊細な陶磁器やクリスタルグラスが並ぶ長テーブル。

「どうりで正装するわけね」イジーは言い添えた。

部屋を横切る途中でジュリアナが合流した。「こんばんは、イジー」

「ああ、ジュールズ」

仲のよさそうな二人を見てニコは安心した。服選びで急速に女同士の絆《きずな》が生まれたのだろう。

「きれいよ」ジュリアナが言った。

イジーはにっこりした。「あなたのおかげよ」

ウェイターが持ってきたトレイから、ニコはシャンパングラスを取ってイジーに渡した。

「いいえ、いいわ」イジーは手を振った。「今夜はしらふでも大変なんだもの。私がテーブルの上で踊りだしたら、ご両親は機嫌を悪くするでしょう」

両親はともかく、ニコはかまわなかった。だが、やはり酒を控える判断は正しいだろう。

イジーはまじまじとテーブルを見た。「いつどの銀器やグラスを使えばいいかわからないわ」

「外側から使うんだよ」ニコは言った。

「私たちを見ていればいいわ」ジュリアナが言い添えた。「心配しなくて大丈夫よ」

　イジーは鼻にしわを寄せ、神経質そうに両手をすり合わせた。「料理は持ち帰ったほうがいいかも」

　ドア口で大きな音がして、ニコは身を硬くした。

「父と母が到着した」

「心配ないわ」ジュリアナがイジーの肩に触れた。

「私がさっき言ったことを思い出して」

　イジーはうなずいたが、唇を噛《か》み、目には不安の色を浮かべている。ニコは思わず同情しかけた。

　父親が珍しく笑顔で入ってきて、ニコとジュリアナに気づいてから、イジーをじっくりと見た。「すてきなドレスじゃないか、イジー」

　愛称で呼んで気を楽にさせようとする父親の心遣いがニコはうれしかった。ふだんはベテラン政治家でさえ萎縮《いしゅく》する存在なのだ。

　イジーは膝を曲げてお辞儀をした。「ありがとうございます、キング・ドミタル」

「妻のクイーン・ベアトリスに紹介しよう」王は、ロングドレスを着てダイヤモンドのネックレスとティアラをつけたニコの母親を紹介した。まさしく威厳あふれる王妃だ。「ベアトリス、こちらがイザベルだ。友達はイジーと呼んでいる」

　ニコは笑いをこらえた。母親は絶対にイザベルという名でしか呼ばないだろう。

「ベルノニアに戻ってくれてうれしいわ、イジー」

えっ？　ニコは信じがたい思いに目を見開いた。

「はじめまして、陛下」イジーはまたお辞儀をしたが、今回は少しよろけ、うろたえるのがわかった。

　とっさにニコは肘をつかんで支えた。

　イジーはありがとうとささやいて肩をすくめたが、

足元がまだ不安定なのを見て、ニコは手を離さなかった。「イザベルはまだ長旅の疲れが残っているんです。座ったほうがいいでしょう」

「よかろう」王は一同をテーブルにつかせた。「話し合いたいこともたくさんある」

「そうね」王妃も腰を下ろした。「でも、私もこの目でイジーを見て、問題ないと思うわ、ディー」

　イジーはニコの向かい側に座り、問いかけるような顔で彼とジュリアナを見た。

「問題ないとは、母上？」ニコは尋ねた。

「お父様と私はイジーの将来を話し合ったのよ」

　母親の言葉にニコは不安を覚えた。ウェイターがコースの最初のスープを運んでくる。

「どうもご親切に」イジーは作り笑いをした。「でも、それはご無用です、陛下」

「いや、無用じゃない」王が切り返した。「君のショックはまだおさまらないだろうが、私たちはもう家族だ。あまり時間もないし、次の計画を立てなければならない」

「次は婚姻無効の手続きですよ、父上」ニコは言った。「月曜日の朝に高等法院へ行きます」

　イジーはうなずいた。「ええ、私の将来は決まっていますから、計画は無用です」

「イジー、そろそろ歴史の授業をしよう」王が言った。「君は、南部と合併してベルノニアができるまで、長年北部を統治したサチェスティア王家の末裔《まつえい》だ。分離派は何百年も、君の一族が再び北部を統治することを求めてきた。しかし、体制擁護派はクレジミール家が全土を統治することを望んだ。両派は真っ向からぶつかり合い、内戦が起きたのだ」

「『ロミオとジュリエット』のモンタギュー家とキャピュレット家のように？」イジーが尋ねた。

「そんなにロマンチックじゃないけどね」ニコは口をはさんだ。

「でも、敵対する一族間の結婚が紛争をしずめ、平和をもたらすことは歴史上よくあることだわ」ジュリアナが言った。

「そのとおり」王は水を飲んだ。「やがて分離派と体制擁護派間の論争は激しくなり、一九八〇年代後半には北部をベルノニアから分離させようという動きが強まった。イジー、君の父親は、両王家の団結が分離派をなだめ、戦争を避ける手段だと信じたんだ。彼や私たちの目標は、君たちの結婚によってベルノニアを統一することだった。だが、テロによって内政不安が高まり、国民は分断されて、戦争が始まった」

部屋は沈黙に包まれた。

イジーはナプキンをいじった。スープはまだ口にしていない。「悲惨な時代だったんですね、陛下」

「悲惨どころではなかったよ」王が言った。「我が国はこの五年間、平和だった。だが、それは内戦でサチェスティア王家の血筋が絶えてからだ。分離派はサチェスティア家の子孫はいないとまだ信じている。だが、君が不死鳥のように戻った今は——」

「私が戻ったと言わなければいいんです。だれも私のことを知らないんですから」イジーがさえぎった。「大変な経験をしたこの国に、これ以上問題を起こしたくありません。実際、私は本気で王女になりたくないんです。早く婚姻を無効にしましょう」

「それは名案だ」イジーが言うべきことをずばり言ったことを、ニコは誇りに思った。王女の資質には欠けるが、これは彼女の長所だ。ジュリアナなら、なにも言わなかっただろう。

「それほど単純じゃない」王が言った。「分離派が存在しないふりはできないからな」

「ジュリアナの父親は分離派を支持しました」ニコは反論した。「ですから分離派は僕と彼女の結婚に賛成しています」

「ああ。だが、分離派はイジーのことを知らない」

「父上――」

「自分が分離派だと想像してみろ」王がさえぎった。「おまえは平和協定によって新しい統一ベルノニアの一部になることに同意した。自分たちの王家は死に絶えたと信じていたが、急に若き王女が生きているとわかる。なんと喜ばしいことか！　しかし、国の皇太子はその王女との結婚を取り消し、別の国の王女と結婚しようとしている。それがこの統一国でどう受け入れられると思うんだ？」

「私が軽視されているみたいですね、陛下」イジーが言った。「私は結婚を無効にしたいんです。ニコと結婚していたくないの」

　その気持ちは同じだが、なぜかニコはイジーの言葉に傷ついた。女性に拒絶されることに慣れていないからだ。「僕たちの結婚は内戦を避けるためのものでした、父上。戦争が終わったのだから、結婚している理由はないはずです」

「ベルノニア人の忠誠心は強みだが、弱点でもある。正しかろうと、正しくなかろうと、あくまで大義にこだわるのだ」

　ニコは体をこわばらせた。「まさか、結婚したままでいろとおっしゃるのではないでしょうね」

　イジーは唖然《あぜん》とし、ジュリアナは興味津々で身を乗り出した。

　王はニコを見た。「それは選択肢にない」

　イジーの肩から力が抜け、口元に微笑が浮かんだ。

　ジュリアナは唇をきゅっと引き結んだ。

　喜んでいないジュリアナの表情に、ニコは意外な気がした。「ジュリアナとの結婚がベルノニアには最善なのです。かまわないだろう、イザベル？」

「もちろん」イジーは同意した。

　王は順ぐりに若者三人を見た。「それなら、私はイジーに別の夫をさがすほかないな。婚姻無効宣告を受けしだい、結婚できる相手を」

「なんですって?」イジーが叫んだ。

「なぜですか?」ジュリアナも驚いて尋ねる。

「父上、まさか本気ではありませんよね」

「本気だ」国王は説明した。「イジーが結婚していれば、分離派は判明した事実に腹を立てても、状況を変えられない。だが、彼女が独身なら……」

ニコは不安に襲われた。「分離派は僕たちの再婚を要求するか、彼女を利用して反乱を起こす恐れがある」

「そうだ」王は言った。

ニコはあらゆる角度から考え、分離派はアリエストルとの政治的連合に満足すると信じていた。国の近代化に集中するあまり、分離派が経済発展よりサチェスティア王家の末裔との結婚を求めるとは考えなかったが、間違っていたようだ。

「いやよ」イジーが青ざめた。「ほかに方法はあるはずです。なんでもいいから……」

ニコは彼女の自立心に敬服した。「時間をかけて別の方法を考えてみましょう、父上」

「高等法院は月曜日に開かれる」王は言った。「平和を維持する別の方法を一日考え、それで見つからなければ、イジーは結婚しなければならない」

「彼女をだれと結婚させるのです?」見合う相手など、この王国では思いつかない。

「それは考えてあるわ」王妃がイジーを見た。「これが、今までさがした花婿候補のリストよ……」

悪夢だわ。私の将来が危ない。急いで考えなければ。イジーはベッドに横になったが、目はさえていた。時計を見ると、二時四分だ。晩餐のときの会話がテレビドラマの再放送のように頭によみがえり、どうしても眠れない。

そこで『クレジミール王家』というドラマを想像

した。ドミタル王が私に結婚しろと言い、ベアトリス王妃は花婿候補を並べたてる。王子のニコは、母親の読みあげる名前にいちいち意見を述べる。ジュリアナ王女は事を荒立てまいとにこにこし、私はなんとか結婚から逃れようと思案する。

こんなことが二十一世紀に生きるアメリカ人に起こっていいはずがないわ。そうだ、大使館に電話しよう。国務省がなんとかしてくれる。でも、それで私の問題は解決するけど……ベルノニアは？

イジーはこの妙な国に愛着はなかった。そもそも昨日までニュースでしか知らなかった国だ。でも、両親やフランク伯父にとってベルノニアは大切な国だった。自分のことだけを考えて、ここでまた戦争が起こる可能性に目をつぶるわけにはいかない。

おなかが鳴った。動揺のあまり、夕食をほとんど食べなかったのだ。デザートのチョコレートトルテも断ったけれど、もしかしたら厨房《ちゅうぼう》に余りがあるかもしれない。それを食べれば、元気が出るだろう。

イジーはベッドから出てバスローブをはおり、廊下に出た。まだどの部屋が自分の部屋かわからないので、ドアは開けたままにしておく。数分後、無人の厨房でチョコレートトルテをフォークでつついた。おなかが鳴るのに食欲はわかないなんて、情けない。

「ここにいたのか」静けさの中にニコの声が響き、イジーは驚いた。「どこに消えたかと思ったよ」

「どうして私がいないとわかったの？」

「部屋のドアが開いていたから」彼は冷蔵庫の横を通り、イジーに歩み寄った。

「どの部屋も似ているんだもの」ニコは先ほどと同じシャツとズボン姿だが、上着とネクタイは取り、襟元のボタンをはずして袖《そで》をまくっている。くつろいだ姿の彼はとっつきやすく、皇太子というよりふつうの男性のように見えた。「違う部屋に入らないように、ドアを開けておくの」

「賢明だ。名前を呼んだが、返事がなかった」ニコはイジーの隣の椅子に座った。「てっきり逃げ出したかと思ったよ」

「最初はそのつもりだったわ」イジーはトルテを見つめた。「でも、逃走はリストから削除したの」

「リストがあるのか？」

「ええ、まあ」イジーはトルテにフォークを突き刺し、そのままにした。「あなたには影響がなくても、私の将来だもの。いろいろ考えるわ」

「君に起こることは僕にも影響があるよ」ニコは唇を引き結んだ。「僕がどうしてまだ起きていると思う？　自分で解決策を見つけようとしていたんだ。こうなるとわかっていたら、君をベルノニアに連れ戻したりはしなかった。とにかく二人でなんとか方策を見つけよう」

二人で。私は孤独じゃないんだわ。イジーはほっとした。他人に頼るのは嫌いだけれど、今ニコが一緒にいてくれるのはうれしい。

ニコがトルテを見た。「それ、食べるのかい？」

「いいえ」

「僕が食べてもいいかな？」

イジーは皿を彼のほうへ押しやった。「どうぞ」

「ありがとう」ニコはフォークを持ちあげた。「どうして逃げ出すのをやめたんだ？」

「しかたなくよ」イジーは認めた。「アメリカのパスポートや現金がなければ、帰れないもの」

「ああ、そうか。ジョバンが手配した短期のベルノニアのパスポートしか持っていなかったな。欲しいなら――」

「私が逃げ出したら、婚姻無効宣告は受けられないわよ。ジュールズとの結婚は重婚罪になるわ」

「君がいてくれて感謝するよ。それで……一つ方策を考えついたんだ。少し極端だが」

「今ならなんでもするわ。極端でも」

「死んだふりをしたらどうだ？」

イジーはあっけに取られた顔でニコを見つめた。

「それもリストにあるわ」

ニコはにやりとした。「同じことを考えたのか」

「名案よ」イジーは言った。「実際に死ぬのはいやだけど、私が死んだと思えば、分離派の問題はなくなるわ。あなたがジュリアナと結婚しても、だれも文句は言わないし、私は好きなように生きられる」

「逃げ出すより実行は面倒だが」

イジーはうなずいた。「死体がないものね」

「それに、人が死ねる方法は限られている。たとえば……火事は危険かもしれないな」

「怪我をするのはいやだわ」

「じゃあ、溺死《できし》だ」

「海に沈んだ死体は決して見つからないわね」

ニコはうなずいた。「ジュリアナのヨットの腕前は一流だ。君はヨットから落ちればいい」

「溺《おぼ》れるのはいいけど、将来の奥さんを巻きこんでいいの？　だって違法なことでしょう」

「いや、彼女は巻きこまない」

つまり、二人だけで解決するということだ。イジーはニコを犯罪の共犯者のように感じた。「ヨットからでも崖《がけ》からでも、なんとか海に落ちることはできるわ」

「イザベル・ポーサードに永遠に別れを告げる覚悟が必要だよ」

イジーは考えた。自分の人生、そして周囲の愛する人々のことを。「そうね。知り合い全員から死んだと思われるのね」

「あと戻りはできない」

そう、レースに携わることもあきらめなければならない。それに、結婚してベルノニアにいなければならない場合、どんなに人生は激変しても、友人に会いに行くことはできる。死を装えば、一生友人たちと話せない。「友達に、死んだと嘘《うそ》はつけないわ」

「僕も嘘をついたり違法なことはしたりしないほうがいい」

「じゃあ、振り出しに戻ったわね」

「なにかほかの手が見つかるよ」

「いいえ、ほかの方法はないと思うわ。だってもう日曜日よ。時間がないわ」

「それじゃあ……」

イジーは涙ぐんだ。「わかっているわ」

「だが、君は結婚したくないんだろう」

「ええ。でも、私が結婚しなかったら……」これは二つの政治的派閥の理念の問題ではない。人々は大義のために殺す。分離派と体制擁護派の紛争のために私の両親は殺され、フランク伯父は人生を犠牲にした。私も家族のためになにかしたい。きっと、それがこれなのだ。「ほかに道はないと思うわ」

7

ニコがイジーの手をてのひらで包んだ。やさしい感触だ。まもなく別の見知らぬ男性が私の夫となり、私に触れることになる。熱い涙が頬を伝った。

ニコに見られまいと顔をそむけたが、彼が顎をつかんで自分のほうに向け、指で涙をぬぐった。「君に望まない結婚などさせないよ」

「ありがとう。でも、これは私たちだけの問題じゃないわ。国民はすでに悲惨な体験をし、私の両親とフランク伯父さんは人生を犠牲にした。もうこれ以上の暴力や苦しみをこの国にもたらしたくないの」

「君には王女の資質がないと思ったが、あるんだな。すまなかった、イザベル」

心のこもったニコの言葉に、また涙があふれた。けれど、もう彼に名前を呼ばれることもない。「ありがとう。ふだんはこんなに女々しくないのよ」

「いや、君が女性でうれしいよ。でなければ、こんなことはできない」ニコはイジーを抱き寄せた。

イジーは体をこわばらせた。彼なんて必要ない。でも、抱擁から抜け出たくもない。寂しさからつい身を預け、頬を胸板に押しつけた。彼の鼓動が聞こえ、ぬくもりに包まれる。数年ぶりに安心感を覚え、抑えてきた感情がどっとあふれ出た。

ニコは陳腐な言葉で慰めるのではなく、ただそっと背中を撫《な》でた。やがてイジーの呼吸は落ち着き、涙がとまった。「自分の務めはわかるわ。ただ……夫に決められた人と一生添い遂げるということが想像つかないの。そんなの間違っている気がして」

「君は慣れていないが、お仕着せの結婚がすべて悪いわけじゃない。共通の目的を持ち、友情と共感をはぐくめる」

ニコの抱擁に癒《いや》されて、事態が好転するのではないかと楽観的になれた。「ただ、できたら……」

「なんだい？」

イジーは迷ってから言った。「勝手に決められた王族と結婚するのではなく、恋をして結ばれたいの。でも今は、結婚相手を自分で選べるだけでいいわ」

「君はだれを選ぶんだい？」ニコはイジーの髪を撫でた。

一瞬、ニコの顔が頭に浮かんでから消えた。この状況で彼に慰められ、より親近感を覚えたのだろう。

「教えてくれ」ニコがせっつく。

これまでデートをした相手に車好きはいなかった。いちばん多くの時間をともにしたのはボイドだ。一緒にゴーカートを作り、レースを観戦した。彼とは夢も興味も分かち合える。ただ……恋愛感情はない。

「ボイドよ」

「仕事仲間の?」ニコはイジーの目を見つめた。

「ボーイフレンドじゃないと言っただろう」

「ええ。でも、いちばんの親友よ。彼なら、その、本当の結婚でないことを理解してくれるわ」

「つまり、セックス抜きだということ?」

　イジーは頬をほてらせた。「ええ」

「名目だけの結婚で満足できるのかい?」

「そういう問題じゃないのよ」イジーは言った。「何十年も結婚している必要はないわ。ベルノニアが安定して、あなたとジュールズに世継ぎができるまでの数年でいい。それから離婚すればいいのよ。お父様はボイドとの結婚を許してくれるかしら?」

「きいてみよう」ニコは言った。「だが、ボイドはそれでいいのかな?」

「たぶん。お互いよく知っているもの」ボイドは根っからのアメリカ南部人だ。力持ちで無骨だが、ニコと同じくやさしい。いわゆる二枚目ではないけれど、彼に魅力を感じる女性は多い。「友情のために承知してくれるでしょうし、一緒にレーシングチームを作ろうと言ったら、文句なしに決まりだわ。彼も車好きだもの」

「ボイドと結婚して幸せになれるのかい?」

「結婚を考えたことはないけど……」イジーは両親とフランク伯父のことを考えた。兄のように慕う男性との結婚は、両親と伯父の犠牲を思えばなんでもない。「ベルノニアの平和が保てるなら幸せよ」

　ニコは彼女を放した。「朝になったら、この代案を父に話そう」

「あと数時間ね」抱擁を解かれると急に寒く感じた。「国王が了承してくださるといいけど」

「ベルノニアは君に借りがある」ニコと目が合い、イジーはどきりとした。「僕もだ」

　ベルノニアはともかく、ニコのことは……。彼の顔は今、間近にある。瞳に宿るのは……情熱?

キスするつもりだわ。

イジーは期待をこめて唇を開いた。

ニコはイジーの手を取ってキスをした。やさしく愛撫《あいぶ》するような感触に、吐息がもれそうになる。

彼は手を下ろした。「必要なものがあれば……」

必要なのはキスよ。手ではなく唇に。今。

ニコが手を放し、イジーは失望した。この瞬間をただの慰め以上のものにしたかったのに。彼と唇を重ねたくても、その願いはかなわない。ニコは高潔すぎる。私を情熱的に抱いたり、耳元で愛をささやいたりすることはないのだ。

その相手は……ジュールズなのだから。

ニコはアリエストルの美しい王女と結婚し、国王が了承すれば、私はボイドと結婚する。彼とアメリカに帰り、ピットクルーとしてではなく、新レーシングチームのオーナーとしてレースに参戦する。

欲しいものはすべて手に入るのだ。私も、ニコも。

それなのに、なぜ私はうれしくないの？

翌朝、ニコは国王の応接室の長椅子にイジーと並んで座った。父王は厳しい顔つきで向かい側に立ち、二人の代案について考えている。沈黙が続き、いたたまれない気分になったが、イザベル一人にまかせるわけにはいかない。僕やベルノニアのために決断してくれたのだから、支えなければ。

イジーは両手を膝の上で握り締めた。今朝はライムグリーンのジャケットとスカート姿だ。ハイヒールにもだいぶ慣れ、すっかり王女らしく見える。

唯一気がかりなのは目の下の隈《くま》だが、それでもニコは心配してはいなかった。勝ち気そうに顎を上げているのを見れば、彼女が戦うつもりだとわかる。彼女は強く、美しく、すばらしい女性なのだ。

彼女のことを考えて、昨夜はほとんど眠れなかった。目を閉じるたびに髪の香りや肌の感触、心の温かさが思い出される。彼女をこんなふうに感じるとは夢にも思わなかった。魅力だけでなく、ベルノニアに尽くそうとする彼女に敬意と称賛も感じ、そのすべてが合わさって愛情になっている。

本来は、イザベルでなく、ジュリアナに感じるべきなのに。このアメリカ人に心を乱されず、再び務めに集中できるよう、早くこの問題を片づけよう。

王は部屋を歩きまわっている。「考えることはたくさんある」

イジーの唇がかすかに震えた。その垣間見えた弱さに、ニコは大きな責任を感じた。イザベルは自立心の強い女性だ。だが今、ただ座って彼女を見ていることはできない。

ニコはぎゅっとイジーの手を握った。彼女の口の端が上がるのを見て、ほほえみ返した。

王の額のしわが深くなった。ニコは思わず肩をいからせたが、父の表情が変わった理由にすぐに気づいた。父はイジーの手を握る息子の手を見つめているのだ。ニコはさっと手を引いた。

イジーにキスしたわけではないし、罪悪感を覚えることはない。昨夜のキスを考えなくはないが、今手を握ったのは純粋な励ましの行為だ。昨夜彼女を抱擁してうれしかったことは重要ではない。そう、感謝だ。イザベルには、犠牲になってくれることへの感謝を覚えている。それだけだ。

「それで満足なのだな、イジー」王が言った。

「満足なはずがありません」ニコは代わりに答えた。「この結婚は強制されているのですから」

王が彼をにらんだ。「おまえはイジーではない」

ニコは口をつぐんだ。

「できれば結婚したくありません」イジーは顔を上げて正直な気持ちを伝えた。「でも、晩餐《ばんさん》の席で提案されたことよりは、こちらのほうがましです」

王は顎をさすった。ふだんは決断が早いのに、今回は時間がかかっている。それがニコは心配だった。イザベルは朝食を食べていないし、眠ってもいないようだ。この状況を早くなんとかしなければ。

「父上」ニコは言った。「イザベルにはこの代案がベストです。夫は彼女が選ぶべきです」

「イザベルにベストなものがベルノニアにベストとは限らない」王が切り返した。

「これがベルノニアにとってもベストな選択だと思います」イジーは迷わず言った。「ボイドは長年の知り合いで、趣味も同じです。知り合いは私たちが駆け落ちしても変だとは思いません。だれかをだまそうとしているのではなく、私たちが本当に結婚したのだと信じるはずです」

「だから分離派も信じると？」王が言った。

　イジーはうなずいた。「もし分離派が謀略だと思ったなら、振り出しに戻るだけです」

「もっともらしさは大切だ」王がうなずいた。

「では、賛成してくださるのですね」ニコは言った。

「君はそのボイドとやらを愛しているのかね？」王が尋ねた。

「ばかげている」ニコはいらいらして立ちあがった。「愛は関係ありません、父上。これ以上イザベルに難題を吹っかけないでください」

　王が顔をしかめた。「おまえは口を出すな」

「父上が彼女を困らせるのをやめたら黙ります」

「ありがとう」イジーはほほえんだ。「かばってくれてうれしいけれど、お父様の質問には答えるわ」

　その声には誠実さがにじんでいる。ニコは腰を下ろした。

「私はボイドを愛しています、陛下」

　イジーの言葉に、ニコは愕然《がくぜん》とした。これまで経験したことのない感情が胸を締めつける。たぶん驚きだろう。昨夜はそんな話は聞かなかったから。

「ボイドは親友です」イジーは続けた。「兄同然の存在で、恋愛感情はありません。結婚は単に名目上のもので、安全だとわかれば離婚するつもりです」

ニコは内心ほっとしたが、イジーとそんな関係にあるボイドをうらやむ気持ちもあった。今は国務が最優先で、友人づき合いや恋愛は二の次なのだ。

「大変な犠牲を払うことになるぞ」王が言った。

イジーは肩をすくめた。「両親やフランク伯父のしたことを思えば、なんでもありません。私はまだカーレースにも参戦できますから」

王がにっこりした。「とことん考えたのだな、イジー。たいしたものだ」

「同感です」ニコはますますイジーに敬意を抱いた。今、彼女の瞳は緑色に輝き、美しい。すると王の咳《せき》払いが聞こえ、ニコはそちらを向いた。

「その代案を了承する」王が宣言した。「イザベルはボイドと結婚してもよい」

「はい！」イジーはガッツポーズをした。「ありがとうございます、ディー。いえ、陛下」

完璧《かんぺき》な王女でなくても、イザベルとしては完璧なのだ。ニコはにっこりした。

「ボイドの到着を待って、高等法院への出廷は火曜日まで延期しよう」王が言った。「ジョバンに婚姻無効宣告とアレクサンドルの財産の譲渡、結婚許可に必要な書類を用意させなさい」

「もう取りかかっています、父上」ニコは言った。

「それなら問題解決だ」

「まだです」イジーが立ち、ニコも立ちあがった。「まずボイドが結婚してくれるか確かめないと」

王は忍び笑いをもらした。「君の夫になりたがらないなら、その男はばか者だよ」

「いいえ、大ばか者です」ニコも重ねて言った。

「それでもいちおう確認します」イジーは膝を曲げてお辞儀をした。「陛下がお許しくださるなら」

王はうなずき、イジーが去ると苦笑した。「おまえが大ばか者だと自ら認める日が来るとは夢にも思わなかったよ」

「そんなことはしていませんが」

「直接にはな」父王は言った。「だが、イジーと結婚していながら、夫になりたくないのだからな」

「状況が違います」ニコは抗議した。「ジュリアナは多額の持参金とアリエストルの貿易支援、王家の血統をもたらしてくれます。分離派でさえ彼女を支持しています。それに対して、イザベルはアメリカ人の整備士で、そもそも王女のふるまいやベルノニアについて知りません。王妃になる資格がないのです」

「イジーは正直で誠実で頭がよく、王家の血が流れている」王は言った。「そのうえ来たばかりの国のため、愛してもいない男と結婚するのだぞ」

　一語一語がニコの胸に刺さった。

「王妃の資格の定義を改めたらどうだ？」父王は言った。「おまえだけでなく、妻のためにも。さもないと、本当にばかをさらすことになるぞ」


　イジーは携帯電話の受信状態を確認し、電話を振った。反応はない。城は町から遠くないし、どこかに基地局があるはずなのに。城内の固定電話を使おうとしてみたが、かけ方がわからなかった。ああ、ニコがいてくれれば……。

　いいえ、彼の助けはいらないわ。あの心を乱す青緑色の瞳も。

　イジーは庭に出た。疲れで目がひりひりし、小道に敷かれた玉石のせいで足の裏が痛む。十分前に靴を脱いだのが間違いだった。でも、あきらめるわけにはいかない。国王が了承してくれたのだから、今度はボイドの承諾が必要だ。なんとか連絡をつけないと。あいにく圏外だ。「ダイヤルアップのインターネットは使えるはずだわ」

「山間《やまあい》のいくつかの村はダイヤルアップに頼っているが、城には無線ネットワークがある」背後からニコが言った。

「ここでなにをしているの？」イジーは驚いた。「あなたはほかにすることがあるでしょう」

「ああ。だが、ボイドに連絡がついたか気になってね」

「まだよ。通じないの」

ニコは笑い声をあげた。「それで携帯電話に向かって魚の餌《えさ》にしてやるとすごんでいたのか」

「私は……」まあ、確かにそう言ったけれど、彼はいなかったはずよ。「なぜ知っているの？」

「裸足《はだし》のアメリカ人が携帯電話に向かって叫んでいると、庭師がスタッフに報告したんだ」ニコの瞳に愉快そうな光が躍った。「たぶん君だと思ってね」

頬がかっと熱くなった。「王族は常に見られているとジュールズが言っていたわ」

「そうだ」

「でも、叫んではいなかったわ」イジーは弁解した。

ニコはにやりとして番号を打ちこんでから、自分の携帯電話をイジーに渡した。「衛星回線だ。アメリカのコードを打ちこんだから通話できるよ」

「ありがとう」イジーは手助けに感謝した。電話だけでなく、今朝、王の前でかばってくれたことも。ああ、ニコにこの電話をかけてもらえたら……。

胃がむかむかし、口の中が急にからからになった。私の将来がこの電話にかかっている。

「聞こえない場所に行こうか」ニコが言った。

「どちらでもいいわ」

「それならここにいるよ」

思ったとおりだ。ニコは本気で責任を感じているに違いない。名ばかりの妻である私に対しても。イジーはボイドの番号を押し、電話を耳に当てた。

ニコがじっと見つめる。

呼び出し音が鳴った。一回、二回、三回。

「もしもし」ボイドが眠そうな声で出た。

「イジーよ」

「連絡をくれてうれしいよ、イジー。あの気取り屋の王子はよくしてくれているか？」

　イジーはニコの目を見つめた。脈が速くなる。

「あ、あの、今、彼の携帯から電話しているの」

「やつのおまえを見る目つきは気に入らなかった」

　イジーはニコにちらりと目を向け、スーツでは隠せない広い肩や筋肉質の体を見た。ニコもこちらをほれぼれと眺めている。その視線がイジーはうれしかった。「それは心配しないで。でも……」

「なんだ？」ボイドの声が鋭くなった。

　イジーは電話を握り締めた。「ちょっと困ったことになって、あなたの助けが必要なの」

「僕の助けが必要？」

「そんなに驚かないで」

「いや、驚くさ」ボイドは言った。「だが、かまわない。どんな頼みにしろ、返事はイエスだ」

「内容を聞いたほうがいいんじゃないかしら」イジーはほほえんだ。ニコが共犯者めいたウインクをする。「聞いたら、返事が変わるかもしれないわよ」

　集中しなければ。ニコの顔を見ると、気が散ってしまう。でも、今はそんな場合ではない。

　イジーはボイドに説明した。かつての分離派と体制擁護派の紛争と将来の見通し、そして自分が厄介な状況に巻きこまれたいきさつを。

「それで僕にどうしてほしいんだ？」

「実は夫が必要なの。ずっとじゃなくて数年だけ」イジーは深呼吸をした。「私と結婚して、ボイド」

　ニコは、ボイドの返事を待つイジーを見守った。彼女をこんなに待たせるなんて、あの男はばかだ。

　すると急にイジーがにっこりした。「ありがとう、ボイド。これは本当に大事なことなの」うれしそうな笑い声が庭に響き渡る。「賛成してくれるのね」

賛成って、なにに？　ニコは双方の話を聞きたかった。

イジーはニコに向かって親指を立ててみせた。よかった、彼女は満足そうだ。だが、ほっとするべきなのに、ニコはなぜか失望感に襲われた。

「詳しい話はジョバンから連絡させるわ」イジーは小躍りしている。「ええ、わかってる。じゃあね」

電話を切ったイジーはニコに駆け寄ると、両腕を広げて抱きついた。

「まったく知らない人と結婚しなくてすむわ。ボイドが承知してくれたの！」イジーの柔らかな曲線が密着し、ニコの体は熱くなった。「ありがとう」

どうして感謝されるのかわからないが、かまわない。ニコも彼女を抱き締めた。

「やったわね」イジーは言った。

「ああ」彼女の髪の香りが鼻をくすぐる。「やった」

二人は見つめ合った。イザベルの唇がすぐそばにあり、かすかに開いている。誘っているのか？

ニコはキスをしたかった。彼女のキスが甘いのか刺激的なのか、知りたかった。たまらなく唇を重ねたい。彼女の瞳には切望が浮かび、呼吸するたびに、キスを求めているのがわかる。

しかし、ニコはためらった。ジュリアナは僕と結婚するつもりでいる。イザベルは妻だが、たった今、別の男が彼女のプロポーズを受け入れた。僕と彼女のすることはすべて過ちだ。倫理にそむく。結婚に同意した二人の人間を傷つけることになる。

ニコは腕を下ろし、体を離した。

イジーの顔に失望の色が浮かび、微笑が消えかけた。だが、すぐに気を取り直して、ニコに電話を返した。「お祝いに夢中になってごめんなさい」

「あやまる必要はないよ」

イジーは周囲を見た。「もしだれかに見られたら……」

「君は僕の妻だ。抱擁しても罪じゃない」

「ああ、抱擁ね」落胆が声ににじんだ。「たいしたことじゃないわね」

「そうだ」本当はたいしたことで、彼女の体の感触やぬくもりが恋しいが。

「ジュールズが今日、王女のレッスンをしてくれるっていうの」イジーは目を合わさずに言った。

二人が惹《ひ》かれ合っているのを感じつつも、ニコは厄介事を避けたかった。僕は彼女をほとんど知らない。感じているのは肉体的な魅力だけだ。「僕は用事がある」

「もう行かないと。じゃあ……またあとで？」

「たぶん」ヨットに乗ったあとは、ジュリアナを夕食に誘おう。イザベルから気をそらすには彼女が必要だ。「でなければ、明日の朝食のときに」


二時間後、イジーは頭に本をのせて図書室の中を歩いていた。といっても、三歩で本は床に落ちたが。

「どうしてこんなことが必要なのかわからないわ」

集中できないのは昨夜の睡眠不足のせいだと思いたいが、本当の理由はニコだ。彼に抱きついてキスをしたくなったことが忘れられない。

「王女は完璧な姿勢でないと」ジュールズが言った。

「でも、私は王女にならないわ。親友のボイドと結婚して、シャーロットに戻るの。食事中、ナプキンを膝に置いておけばオーケーでしょう」

「オーケーじゃ足りないわ。ベストでなければならないのよ。国民が期待しているんだから。どこに住もうと、あなたは王女なのよ」

「でも、だれかが私を王女様と呼んだら、私はその人を張り倒すわ」

ジュールズがたじろいだ。「イジー……」

「わかってる。王女は人を殴らないのよね」

「攻撃されたら、反撃してもいいわ」

　攻撃？　ベルノニアに着いてからもう九ラウンドは戦った気分だ。疲れ果て、とまどっているうえ、もうすぐ新しい友人の夫になる男性に心を引かれている。「私はただ家に帰りたいの」

「ごめんなさい、イジー。気持ちはわかるわ」ジュールズの目に同情があふれた。

　私の気持ちはだれにもわからないと思いつつ、イジーは礼を言った。「ありがとう」

　ジュールズはなにか言いかけたが、唇を結んだ。

「いいのよ」イジーは言い添えた。「少なくとも結婚相手は自分で選べたんだから」

「ええ。その点、あなたは幸運だわ」ジュールズは棚からもっと重い本を出した。「もう一度やってみて。肩を引いて顎を上げ、ほほえみながら歩くの」

　イジーは本を頭にのせた。「ミシシッピー州東部で最高の姿勢の整備士になってみせるわ」

「その意気よ」ジュールズは腕時計を見た。「これからニコとヨットに乗るんだけど、一緒にどう？」

　行きたいけれど、じゃまにはなりたくない。それに、ニコとは距離を置かなくては。「ありがとう。でも、この練習をしなくちゃ。そのあと昼寝をしたいわ」

「ヨットでも寝られるのに。それにそのあと、夕食に行くの。楽しいわよ」

「そうね。でも、いいわ」

「本当に？」

　ジュールズの声には失望感がにじんでいた？　まさか、そんなはずないわ。二人の宵に割りこんで、ジュールズとぎこちない関係になりたくはない。

「本当よ」自分に言い聞かせるようにイジーは言った。

8

翌日、イジーは一人で朝食をとった。ラズベリーソースをかけたチーズ入りパンケーキをひと口食べ、のみこんだ。おいしい。最高の料理を味わえるのも王女の特典に加えるべきだ。

ジュリアナが入ってきて、イジーの向かい側に座った。水玉模様の半袖《はんそで》のワンピースを着て、髪を下ろしている。とてもすてきだ。

「おはよう、イジー。ゆうべはやすめたようね」

「ええ」今朝起きると、少し自分らしくなった気がした。ニコへの思いが単なる片思いだとわかったからだ。昨日は世界が崩壊してもかまわない気持ちだったが、今日は物事がはっきりと見える。「少し眠ると、すっきりするわね」あるいは常識に目覚めたのか。それなのに、寸前で終わったキスや魅惑的な青緑色の瞳についてなぜ考えてしまうのだろう？

「ゆうべはヨットと食事で楽しかったでしょうね」イジーはオレンジジュースを飲むと、嫉妬《しっと》心を抑えて言った。昨夜は二人が一緒に出かけたことを必死に考えまいとし、かなりうまくいった。

私はもっと大事なことを考えなければならない。ボイドが今日ベルノニアに到着し、明日はニコとの結婚が取り消される。私は遺産を相続して、友人と結婚し、シャーロットに戻るのだ。ジュールズとニコの幸せとは違っても、いい結末には違いない。

「ええ、楽しかったわ。私、ヨットが大好きなの。それ以上に好きなものはないわ」

「私にとってのカーレースと同じね」

「私たちには意外と共通点があるのね」ジュールズが思ったままを言った。「あなたも楽しい晩を過ごしたらいいけど」

「私は王と王妃と食事をしたわ」

「それで？」

イジーは昨夜の会話、いや、質問を思い出した。

「そうね……おもしろかったわ」

「どういうふうに？」

「クイズ番組みたいにいろいろ質問されたの」

ジュリアナはコーヒーを飲んだ。「お二人はなにを知りたがったの？」

「なんでも」

「どういうことかしら」

「私を楽にさせたかったのかもしれないわ。食事中に何度か〝災難〟にあったから」

「まあ」

イジーはほほえんだ。「王妃が〝災難〟と言ったのよ。私が三度目の失敗をしたあとは、王と一緒に声を出して笑ったわ」

「笑いはすべてをなごませるものね」

そこへ、ニコが新聞の束を持って駆けこんできた。目つきが険しく、唇を引き結んでいる。「大変だ」

「どうしたの？」ジュリアナがフォークを置いた。

ニコは一紙を開き、英語で書かれた第一面の見出しを二人に見せた。〝プリンセス・イザベル・ズボニミール・クレジミールが生存！〟

ジュリアナはあえいで、口を両手でおおった。

イジーは妙に落ち着いて自分の名前を見つめた。自分が王女と呼ばれ、二つの異なるラストネームがファーストネームと並んでいるのが現実とは思えない。「記事にはなんて書いてあるの？」

「ベルノニア帰還までの君の生い立ちだ」ニコはイジーに新聞を渡した。「この情報をマスコミにもらしたのがだれにしろ、ただではすまさないぞ」

「大丈夫よ」イジーは前向きに考えたかった。自分たちには計画がある。それに集中しなければ。「いずれ私の正体がばれることはわかっていたわ」

「そのタイミングをはかりたかったんだ」ニコは残りの新聞をほうった。「記事を読むといい」

イジーは読んだ。妻や花嫁という文字を見るたびに気恥ずかしくなり、詳しい内容を読むうちに胃がこわばってきた。「情報をもらした人は、ゆうべの私とご両親の会話を盗み聞きしたんだわ」

ニコは顔をしかめた。「これまでスタッフに問題はなかったんだが」

「記事の一部は、私の言ったことそのままよ。妙なのは、私がベルノニアに来る前のことはほとんど書かれていないことね。ご両親と私は仕事の話もしたけど、それには触れられていない。この記事では、私は追放されてノースカロライナに身を隠していたように思えるわ。修理工場で整備士として働いていたのではなく」

「よかった」ジュリアナが言った。「それなら国民はあなたを王女としてしか見ないわ」

イジーは背筋を伸ばした。「整備士でも問題ないでしょう」

「ええ。でも、人には先入観があるから」

ニコは顔をしかめた。「僕としては、君が妻とか王女の花嫁と呼ばれるよりは油まみれの女と呼ばれたほうがよかったよ」

その言葉にイジーは傷ついた。「すぐに高等法院へ行けば、二度と私のことを耳にしなくてすむわ」

ジュリアナが同情のまなざしを向けた。「ニコはそういうつもりで言ったんじゃないと思うけど」

ニコのまなざしがやわらいだ。「ああ、そんなつもりじゃなかった。あやまるよ。だが、夫だの妻だのという言葉を使うと、僕たちの関係が実際より親密なものだと思わせられる」

「そういうふうに記事がゆがめられているのね」イジーは同意した。「でも、婚姻無効宣告が――」

「ジョバンが今、町の王室事務所にいる」ニコがさえぎった。「国民が集まり、君を支持する分離派の旗がはためいている。国民は君を次期王妃に望んでいるんだ」

イジーはぽかんとした。「国民は私のことを知ったばかりでしょう」

ニコは顎を突き出した。「噂《うわさ》が広まるのは早い」

「あなたから話して、ジュールズが奥さんになるって。私とボイドの婚約を説明して」

「無理だ」ニコは言った。

突然沈黙が下り、部屋の緊張が高まった。イジーは無力感を覚えながらも必死に考えをめぐらせた。

〝君の父親は、両王家の団結が分離派をなだめ、戦争を避ける手段だと信じたんだ。彼や私たちの目標は、君たちの結婚によってベルノニアを統一することだった〟

〝敵対する一族間の結婚が紛争をしずめ、平和をもたらすことは歴史上よくあることだわ〟

国や国民という概念がイジーの胸に重くのしかかった。「結婚の取り消しはできないのね？」

ニコの顎の筋肉がぴくりとした。「今朝の分離派の反応は二十三年前の紛争開始当初と同じものだ」

紛争。彼の声には苦悩がにじんでいる。本当は戦争と言いたかったのだ。私の両親を殺し、国に被害をもたらした、血で血を洗う内戦と。

「高等法院も父も、もう結婚の取り消しを認めないだろう」ニコは言い添えた。

イジーは震えた。こみあげる感情に身をゆだねるわけにはいかない。「今のところは、ね」

「いや、永遠に、だ」

これで希望の灯は吹き消された。結婚の取り消しはない。ニコは夫のまま。私はここに残って、夢もなにもかも……。

イジーは必死に自分を抑え、それから思い出した。

このことで影響を受けるのは私だけではないのだ。自分の身勝手さに罪悪感を覚えながら、ニコとジュリアナを見た。「あなたたち二人はどうなるの？」

「持参金で戦争はとめられない。とめられるのは君だけだ、イザベル」ニコはすでに運命を受け入れたようだ。「僕たちのどちらも望んでいないが、ベルノニアのために、妻でいてくれないか？」

「ばかげているわ。私たちが結婚しても、二十三年前に戦争は起こったのよ」堰《せき》を切ったように言葉があふれ出た。「今回もうまくいくとは限らない。仮定の事態のために夢を捨てるべきじゃないわ」

　ニコのまなざしが鋭くなった。「君がアメリカに戻ってレーシングカーで遊ぶために、国や国民を危険にさらすつもりはない」

　ニコの急な変化に動揺しつつも、イジーはひるまずに彼の目を見つめ返した。「私はあなたとジュールズのことを言ったのよ」

「私はいいのよ、イジー」ジュリアナが言った。彼女らしい。この王女は決して本心を見せないのだ。

「でも、私はよくないわ」イジーは立ちあがった。「あなたたち二人はお似合いよ。愛し合っているんだから、結婚すべきだわ」

「イザベル」ニコが言った。「わかってくれ――」

「わかっているわ」その声は気持ちと同様、せっぱつまっていた。いくらニコに惹《ひ》かれていても、自分に気のない男性と結婚するわけにはいかない。ほかの女性と結婚したがっている男性と。「この国は間違ってる。私はもうかかわりたくないわ、いっさい」そう言って、イジーは部屋から走り出た。

　イジーが姿を消すと、ニコは肩を落とした。彼女は感情にまかせて逃げたりせず、求められたことをやり遂げてくれると思ったのに。「失敗だな」

「イジーは若いのよ」ジュリアナが言った。「それにアメリカ人だわ。こういうことは無縁なのよ」

「あとを追うよ」

「少し時間をあげたら？」

「動転している彼女を一人にすべきじゃない」彼女を身勝手だと決めつけて傷つけてしまった。ジュリアナとの関係も説明しなければ。「それが僕の義務だ」

ジュリアナがため息をついた。「イジーは義務の対象じゃない。あなたの妻よ。相手が自分の意思で来たのか、義務感から来たのか、女はわかるわ」

「確かに義務感はある。イザベルはこの役割を果たす覚悟ができていないんだ。君と違って」

「彼女は典型的な王女じゃないけど、心は王女よ」

「だが、僕の妻になりたがらない」

「不安なのよ。あなたのせいでよけいに」

ニコは顎をこわばらせた。「政略結婚に対するイザベルの気持ちは明らかだよ」

「私がここに残って、なんとかするわ」ジュリアナは言った。「今帰らなくても、父は次の結婚話をすぐに進めはしないと思うから」

ニコは彼女の顔を見た。瞳がいっそう輝き、顔色もいい。「君はこうなってうれしいんだな」

「うれしくはないわ。イジーを理不尽な目にあわせたくないし。でも、本当はほっとしているの」ジュリアナは認めた。「愛していない人との結婚を強制されるべきじゃないもの。気を悪くしないでね」

「大丈夫だ」新たに知ったジュリアナの一面にニコは驚いた。「だが、君は結婚に同意しただろう」

ジュリアナは肩をすくめた。「父の期待に応《こた》えただけよ。これまでずっとそうだったわ」

同じことを自分も以前言った気がする。「僕もそうだよ」

「本当に？」ジュリアナは眉を上げた。

その質問にむっとし、ニコは肩をいからせた。

「僕は常にベルノニアのために行動してきたんだ」

「それなら、どうしてご両親がイジーのことをマスコミに話すの？」

「父と母がそんなことを――」

「これができたのはお二人だけよ」ジュリアナはさえぎった。「あなたと私が出かけている間、お二人はイジーに過去を尋ねたの。その返事が記事になったのよ。彼女のいい情報だけが公表されたのはおかしくない？　マスコミはふつう、そうじゃないわ」

　ニコは胃が締めつけられた。「父と話さないと」

「私はイジーをさがすわ」

　ニコはジュリアナの助けと友情に感謝した。「君はいい王妃になっただろうな」

「ありがとう」ジュリアナは頭を下げた。「イジーがそばにいれば、あなたはすぐれた国王になるわ」

　イジーは執事から教えられた方向へ進んだ。この玉石敷きの道を行けば、ガレージに着くはずだ。城の中で唯一、少しでも我が家を思い出させる場所へ。

　頭上に塔がそびえているが、城はもはやロマンチックなおとぎの世界ではない。恐ろしい場所だ。

　シャーロットへは帰れるの？　せめて遊びに行くだけでも？　それとも、私を妻に望まない男性と結婚して、一生ベルノニアにいなければならないの？

　イジーの心は乱れた。確かに私はニコに惹かれて、キスしたいとも思った。でも、愛し合っていない夫と生涯添い遂げるなんて考えられない。

　石につまずき、ころびそうになって、ハイヒールを脱ぎ捨てた。前方に見える長方形の煉瓦《れんが》造りの建物――あれがガレージのはずだ。ほっとして足を速め、横のドアから中に入った。

　モーターオイルのにおいに友人のように迎えられ、思わず涙ぐんだ。でも、泣いたらだめ。泣きだしたら、もうとまりそうにないから。

イジーは中を見渡した。工具類にタイヤ、古いトラック、リムジン。壁にもたれてずるずるとセメントの床に座ると、肩を落として目を閉じた。ああ、こここそ私の居場所だわ。城のほかの場所ではなく。

反対側のドアが開き、ヒールの音が響いたかと思うとジュリアナが目の前に立った。「つらい朝ね」

顔を上げずにイジーがうなずくと、ジュリアナは横に座った。「悪いけど、話したい気分じゃないの」

ジュリアナは膝を立てて両手で抱いた。「それならただ聞いて」

イジーはトラックの下にもれたオイルを見つめた。

「私とニコは愛し合っていないわ」

イジーはジュリアナを見た。「なんですって？」

「政略結婚なの。私にとっては三回目の結婚話よ」ジュリアナは説明した。「アリエストルでは伝統的に王族も平民も親同士が結婚を決めるの。私に最初に結婚話が持ちあがったのは七歳のとき。でも、相手が不興を買って破談になったの。二回目は二十五歳のとき。サン・モンティコの王子との結婚で、百三十九年間反目が続いた両国は再統合されるはずだったわ。だけど、彼はほかに好きな人がいて、その人と結婚したの。そして次がニコ。彼は立派な人よ。魅力もあるし。でも、私は彼を愛していないの」

イジーは信じられなかった。「仲がいいのに」

「結婚に同意した以上はね。共通の目標と、同じような務めの意識があるから」

「務め？」

「私はアリエストルの王女よ。国のために最善を尽くすのが務めなの。今回のことを知ったら、父はすぐに四回目の結婚話を進めるはずよ」

「知らなかったわ、ジュールズ。ごめんなさい」イジーは同情を覚えて友人に手を差し伸べた。「私なら今ごろ逃げ出しているわ」

ジュリアナは笑った。「そうでしょうね。でも、私はそういうふうに育てられたの。しきたりに関してはアリエストルはベルノニア以上に古風だから」

「でも、愛していない人と結婚するなんて……」

「子供のころから恋愛結婚に憧《あこが》れていたわ」ジュリアナはため息をついた。「だけど、現実にこの国の要求に合うのは政略結婚なのよ」

「それが王族としての私の新たな現実なら、うんざりだわ」

「ええ、うんざりすることもあるわ」ジュリアナは認めた。「務めと国が第一。でも、打ち明けるとね、いつか恋愛結婚をする望みを捨ててはいないのよ」

「望みがかなうといいわね」

「ありがとう。だけど、期待はしていないわ」

「私ももう恋愛結婚はできないわね」

「ええ。でも、ベルノニアにはあなたが必要なの」

「ベルノニアは私の国じゃないわ」

「あなたのご両親とフランク伯父さんの国よ」

　そう、今朝は三人のことを考えていなかった。考えていたのは自分のことだけ。イジーは己の身勝手さに罪悪感を覚えた。私を愛し、多くを捨てた三人。この状況で三人が私になにを望んだかを考えないといけない。たとえそれが自分の望みと違っても。

「ああ、こんなに自分が間違っている気がしなければいいんだけど。ニコを……愛していれば」

「でも、彼に好意は持っているでしょう？」

「シャーロットでニコと会ってからは、まるでジェットコースターに乗っているみたい。彼にどんな気持ちを抱いているか、よくわからないわ」

「初めは好きじゃなくても、いずれ好きになることはあるでしょう。愛ははぐくんでいくものよ」

「本気でそれを信じているの？」

　ジュリアナは苦笑した。「父が別の結婚話を持ちかけるたびに、そうであってほしいと思うわ」

　イジーはやはりベルノニアのことを考えずにはい

られなかった。ほかの国の民と同じように、この国の民も平和に暮らす権利がある。それを両親もフランク伯父も望んでいたに違いない。それと比べれば、カーレースの夢など子供じみたものだ。たとえ高等法院が婚姻の無効を認めても、私はここで必要とされるかもしれない。「私もそれを願うべきね」

ニコは国王執務室にいた。両手を握って癇癪《かんしゃく》を抑えようとしたが、うまくいかない。「こんなふうに父上が僕を裏切るなんて信じられません」

「裏切ってはいない。マスコミに話したのはひとえにベルノニアを守るためだ。分離派はイジーを次期王妃に望んでいる。また内戦が起これば、欧州連合《EU》への加盟は望めないのだ」

「それでも、正直に事情を話し、理由を説明することはできたでしょう。こんなふうに世論を操作するのではなく。父上はイザベルを追いつめ、ジュリアナを傷つけたのです。我が国にはアリエストルとの同盟が必要です。貿易支援と資本投資があれば、国の近代化やEU加盟が可能なのです」

「だが、ジュリアナはイジーのように国民を一つにすることはできない」

「国民を一つにする？」ニコはうんざりして父を見た。「今朝の集会を見ていないのですか？　分離派の旗がすでにはためいています。歴史は繰り返す、ですよ。イザベルはただちにベルノニアから連れ出すべきです」

「おまえがジュリアナと結婚するために？」

「イザベルを守るためです。父上も彼女の身の安全を心配するべきですよ」

王は思案げに息子を見た。「好きなんだな」

「えっ？」

「イジーのことだよ」父の目が愉快そうに輝いた。「昨日おまえが彼女に触れるのを見た。彼女の目をじっと見つめるのも」

ニコはきまり悪さに足の重心を移した。確かにイザベルのことは好きだが、だからといって結婚が正当化されるわけではない。「僕はほとんど彼女を知りません。彼女の犠牲には感謝していますが、父上の謀略によって彼女の幸せがおびやかされるのは心配です。人々の抗議は――」

「イジーは安全だ」王がさえぎった。「今回の集会は以前のものとは違う。今回は祝いだよ、息子。やっと国がまとまったのだ」

その口調には満足感があふれている。

謀略はこれだけではないと、ニコは直感した。マスコミに知らせたのはほんの一部なのだ。「彼女をボイドと結婚させるつもりはなかったのですね」

「そもそもおまえの結婚を取り消させるつもりもなかった」

ニコは一歩前に出た。「よくもそんな」

「私は国王だ。国王として必要なことをする」

「必要？」

「花嫁の箱の写真を見て、イジーの生存を知った瞬間、ベルノニアの恒久平和の真のチャンスが見えた。全地域と国民がまとまった統一国家。それが二十三年前のおまえの結婚で、私とプリンス・アレクサンドルが望んだものだ。だが、おまえが素直に従うと思わなかったから、おまえの協力を得るために婚姻無効宣告を餌《えさ》に使ったのだ」

ニコはかっとした。「そんなふうに人の人生をもてあそぶことはできません。僕は恋愛感情がなくても喜んで結婚するつもりでした。それなのに、父上は嘘《うそ》と策略でイザベルを引きずりこんだのです」

王は肩をすくめた。「目的は手段を正当化する」

「それは違います」ニコは肩をいからせた。「僕は皇太子としてベルノニアの犠牲になろうとしてきましたが、若い女性に結婚を強制することはできません。そのような行為はすぐやめるべきです」

「統治者は――」

ニコは手を上げてさえぎった。「尊い行動をとれ。そう僕に教えたのは父上です。イザベルが僕の妻でいたくないなら、僕は彼女を支持します」

王の目に狼狽《ろうばい》がよぎった。「おまえが彼女を説得しろ。ベルノニアにはすぐに世継ぎが必要だ。両王家の血筋を引く世継ぎが」

「世継ぎ？」ニコはむせそうになった。「イザベルは僕の妻になりたくないのですよ。僕とベッドをともにするとは思えません」

「おまえの務めは――」

「わかっています。イザベルを説得しましょう。ですが、父上のように策略は使いません。決めるのは彼女です」

9

ジュリアナは城に戻ったが、イジーはガレージに残り、トラックのオイルもれの修理を始めた。

「服が汚れないよう、つなぎが必要だな」

ニコの声に胸がどきりとし、そんな自分の反応にうんざりした。彼は私がベルノニアに必要だから、よくしてくれているだけよ。イジーはエンジンに集中した。「少しくらい油がついてもかまわないわ」

作業をしながらちらりと見ると、ニコはガレージにはそぐわないかっちりした服装だった。紺のスーツに白のシャツ、黄色の絹のネクタイ。手にはイジーが脱ぎ捨ててきた靴を提げている。場違いだけれど、雑誌のモデルみたいにセクシーだ。

確かに彼は肉体的な魅力がある。でもだからといって彼に恋するわけじゃない。だいたい私が恋しても、彼にその気がなかったらどうなるの？

イジーはトラックに視線を戻した。

「片方の靴は藪《やぶ》、もう一方は芝の中に落ちていた」

「持っていて」

「僕ではサイズが合わない」

イジーは思わずほほえんだ。「きっとサイズが合うほかの人が見つかるわ」

「これは君に合うんだよ、イザベル」ニコは靴をイジーの横の床に置いた。「ぴったりだ」

イジーはため息をこらえて背筋を伸ばし、靴をはいた。彼の努力に多少は応《こた》えてあげよう。

「さっき言ったことはすまなかった」

悔恨に満ちたニコの表情を見たイジーは、手を伸ばしたくなったが、自衛本能から思いとどまった。

「私もあんなふうに逃げるべきじゃなかったわ」

「いや、しかたないよ」ニコは言った。「僕たちは父に躍らされていたんだ。君とボイドの結婚に父が同意したのは、単に計画を実行するための作戦だった。君の情報をマスコミにもらしたのも父だ。初めから結婚の取り消しを許す気はなかったんだよ」

ディーも王妃もあんなによくしてくれたのに。

「お父様はどうしてそんなことを？」

「ベルノニア統一のためだ。それが国王としての父の悲願なんだ。そして、僕たちを結婚させたときの君の父上も同じ思いだった」

私の父。イジーは胸が締めつけられた。

「君はどうしたい？」ニコは尋ねた。

「選択肢があるの？」ジュールズと話してから、なんとか運命に身をゆだねようとしていたのに。

「僕は父のしたことが許せない。君を無理に……」

「結婚させたままにしようとしている」

ニコはうなずいた。「僕は君を無理に妻でいさせたくはないんだ」

イジーはその気持ちがありがたかった。「私はベルノニアにふさわしい王女じゃないものね」

「ああ」予想どおりの正直な返事だが、イジーは傷ついた。「だが、国には必要だ。王女や王子である以上、国民を第一に考えなければならない」

それがニコの本心で、ジュールズも同じ考えだ。私だって平和の必要性はわかる。でも、国への忠誠心はどうだろう？　これからのことを思うと、イジーは不安になった。

ニコが私に好意を持つようになったのか、単に国への務めから結婚を続けようとしているのか、どうしてわかるの？

それでも、ニコが決断をゆだねてくれたのはうれしかった。あいにく選択肢はないけれど。

「お父様のしたことにいい気持ちはしないけど、ベルノニアのために、あなたの妻でいるわ」

「ありがとう」ニコがほっとした声を出した。「君の払う犠牲の大きさはわかるよ」

「平和の維持がいちばん大切よ。もし私のために人が傷ついたら、自分を許せないもの。ただお父様には、今後はもっと率直になってほしいわ。でないと……いろいろむずかしくなるもの」

「そのことは父と話したよ」ニコは迷っているようだ。

「なにを？」

「父はベルノニアには世継ぎが必要だと信じているんだ。それも、なるべく早く」

「それはつまり、本当の結婚をしろということ？」

「僕は皇太子だ」微笑が浮かんだニコの口元につい目がいってしまう。なんて魅惑的な唇。「王家の結婚では、世継ぎを含め最低二人の男児が必要だ」

イジーは首まで熱くなり、目をそらした。「あの、一つのことに慣れてから次のことに進まない？」

ニコがイジーの肩に両手をのせた。甘美なぬくもりが全身に伝わる。この感触だけで、状況ががらりと変わってしまいそうだ。イジーは会話に集中した。これはやはり、国と務めをなにより重んじる見知らぬ男性との政略結婚なのだ。

「君がボイドとしようとしていた結婚とは違うが、きっとうまくいくよ」ニコは言った。

「どうして？」イジーは彼の自信がうらやましかった。「私たちが心から愛し合うようになるとは思えないわ」

「ああ、これは恋愛結婚じゃない。それでも成功しないとは限らないよ」

「成功？」

「必要な跡継ぎが生まれることだ」

「つまり、子作りのための結婚ということね」

「それが重要な意義だ」

「正直なのはうれしいけれど、もう少しぼかして言ってくれてもいいんじゃない？」

「君は自分の立場を知るべきだよ」

「私たちは一緒に住むの？」イジーは尋ねた。「そんな結婚がうまくいくのかしら」

「選択肢は二つある。必要な数の息子ができるまで夫婦でいて、そのあと別居し、国家行事や子供のためにだけ、ともに行動する国家婚」

たとえおとぎ話のような結末を期待していなくても、そんな計算尽くしの結婚はしたくない。「私はシャーロットに戻れるの？」イジーは尋ねた。

ニコはためらった。「たぶん。だが、離婚は許されず、後見の手続きは面倒になるかもしれない」

ニコは子供の話をしているけれど、私たちはキスもしていない。「もう一つの選択肢は？」

「死ぬまで夫婦として暮らす。昔から政略結婚でうまくいっていた。僕たちだってうまくいくよ。お互い好きだろう？　それに、今は恋愛結婚で結ばれても多くは離婚する。どの結婚も長続きするには努力が必要なんだ」

「どんな努力？」イジーは率直に尋ねた。「私はこれまで真剣なおつき合いをしたことがないの」

「僕もだよ」ニコは認めた。「なにが必要か、一緒に考えよう」

イジーは両手を車にのせた。敬意と誠実さが基本の結婚も悪くない。彼に惹《ひ》かれているのだから。

「それがわからなければ、別居すればいいわね」

ニコの喉元の血管が脈打った。「結婚が成功すれば……」

「そのときはお父様に感謝すればいいわ」

「じゃあ、決まりだ」

「まだよ」イジーは背筋を伸ばした。「結婚の実感がないのに、どうすれば成功させられるの？」

「実際、結婚しているじゃないか」

「写真と結婚証明書は見たけど、結婚した記憶はないわ。もしかして結婚式を挙げれば、奥さんだっていう気分になるかもしれないけど」

「それが君には大事なんだな」ニコはイジーを見た。

「結婚の実感がね。とくに、その……」

ニコは愉快そうに目を輝かせた。「セックスするなら」

彼とこんな話はしたくないのに。「ベルノニアに世継ぎを与えるためなら、よ」

「セックスは楽しいかい、イザベル？」

ああ、彼は私が経験者だと決めてかかっているんだわ。なんて言えばいいの？

「わ、わからないわ。だって、一度も……」

「経験がない？」ニコは興味をそそられたようだ。

「ええ」イジーは気恥ずかしかった。「何回か機会はあったけど、自分の安売りはしたくなかったの。フランク伯父さんからも、それは愛と誓いの表現で、食事や映画の仕上げじゃないと言われたから」

ニコはなにも言わない。

イジーは頬を赤らめた。「変わっているでしょう？　王女になれるわけないわね」

「君は変人じゃないよ」ニコは手を伸ばし、イジーのほつれ毛を耳のうしろにかけた。「美人だ」

その感触にイジーは震えた。ああ、本当に自分が美人だと思えればいいんだけど。

「心配ないよ。知り合って長くはないが、僕たちは相性がいい」ニコはハスキーな声で言って歩み寄った。「ジュリアナのために自分を抑えていたんだ。だが、今は僕たち二人だけで、君は僕の妻なんだから……」

イジーはあとずさり、トラックにぶつかった。

「ねえ、二日前の夜の厨房《ちゅうぼう》や昨日の庭では、あなたとキスしたかったわ。でも今は、結婚を実感するまでなにもしたくないの」

「キスも？」ニコが眉を上げる。

触れられただけで全身がうずくのに、キスなんてしたら、取り返しがつかなくなる。「ええ」

「結婚式を挙げよう」ニコのほほえみに、イジーの胸は高鳴った。「ファンファーレに教会、シンデレラもうらやむ馬車つきのロイヤルウエディングを」

「凝った式ね。私はちょっと裁判所に行くだけでいいと思っていたのに」

「やるなら派手にしよう」ニコは言った。「いや、式だけじゃ足りない。新婚旅行にも行かないと」

イジーは緊張した。新婚旅行はロマンチックで、親密で、セックスもある。「そこまで必要ないわ」

「お互いを知って、結婚生活を始めるためだよ」

それと世継ぎ作りを。イジーの気持ちは沈んだ。ニコがそれだけを求めるなら、結婚はうまくいかないわ。

翌土曜日の午後一時、派手なトランペットの音が王家の結婚式の開始を告げた。千五百人の来賓が古い大聖堂の座席に座っている。

イジーは不安に身を震わせた。

最初の十二人の花嫁付添人が正面入口から教会に入った。ほとんど会ったことのない女性たちだが、少なくとも中心的な人物はジュリアナだ。

ジュリアナはまたしても結婚を猶予され、ベルノニアに貿易支援と資本投資をするよう父親を説得してくれた。そんな寛大さが報われ、彼女がいつか愛する人と結婚ができればいいと、イジーは願った。

私はもう手遅れだけれど、ニコとの関係はよくなりつつある。ジュールズから王女らしいふるまいを精いっぱい学び、ニコも努力してくれている。でも、努力だけで結婚はうまくいくの？

うまくいくことをイジーは願った。愛情が時とともに育ち、国家婚でなく永遠の結婚ができることを。

もうじきイジーが通路を歩く番だった。彼女はジュリアナの指示を思い出した。

肩を引いて、顎を上げ、ほほえんで。

できるわ。私はベルノニアの王女。国と両親とフランク伯父さんのために、こうしているのだから。

そしてニコのために。

彼のことを思うと、胸が締めつけられた。

ニコは教会の前方に立っている。花婿付添人のボイドが隣に並ぶはずだ。ニコが好きだから彼との結婚を選んだとイジーが説明すると、ボイドは割り切れない笑みを浮かべて肩をすくめた。だが、おわびに新しいトラックを贈ると国王に言われ、気持ちの整理がついたようだった。

イジーは深呼吸をした。レースのベール越しに、分離派の前リーダーの娘が教会に入っていくのが見える。群衆から歓声があがり、カメラのフラッシュがたかれた。テレビクルーも陣取り、結婚式というよりスポーツイベントのようだ。皇太子とアメリカ人の血が半分流れる王女との婚礼のテレビ放映権料は、国にとって期待以上の収入になった。

ローディが咳《せき》払いをした。イジーをエスコートするために並んで立っているが、タキシード姿がきまり悪そうだ。「ほんとにいいんだな、イジー？」

いいえ。でも、ニコは結婚する理由を正直に話してくれた。世継ぎが必要なことも、どんな結婚生活になるかも隠そうとしなかった。私を見るまなざしはやさしく、この国に着いてからずっとよくしてくれた。そう、彼はいい人なのだ。「ええ」

ローディの目が輝いた。「伯父さんはおまえさんの安全と幸せだけを願っていた」

「幸せよ、本当に」

「それならいい」ローディははなをすすった。「きれいな花嫁だ」

「ありがとう、ローディ」実際、イジーはきれいになった気がした。朝からジュリアナの監督の下、マッサージにマニキュア、ペディキュア、化粧がほどこされ、髪は三人の美容師に一時間以上かけて結いあげられた。長いベールはダイヤモンドのティアラで固定され、ウエディングドレスには一時間前に最後のクリスタルとパールが縫いつけられた。

そう、専門家の手によっておとぎ話のお姫様に仕立てあげられたのだ。誓いを交わしたあとも、それでめでたしめでたしではなく、結婚の成否は世継ぎの誕生にかかっている。でも問題は、結婚に愛があるかないか。その答えが出るのは……何年も先だ。

さらに花嫁付添人の入場が続いた。イジーは神経が高ぶり、白《しろ》薔薇《ばら》のブーケを握り締めてその甘い香りに意識を集中した。

肩を引いて、顎を上げ、ほほえんで。

ジュリアナがにっこりして親指を立ててから教会に入った。白のフリルのドレスを着た六人のフラワーガールは、籠《かご》の中の薔薇の花びらをいじっている。

もうじき出番だ。イジーは気持ちをしずめようと息を吸いこんだが、やはり落ち着かなかった。

〝昔から政略結婚でうまくいっていた。僕たちだってうまくいくよ〟

イジーはニコの言葉を信じた。この結婚は名目だけの別居婚じゃない。彼と生涯ともに暮らせるのよ。

フラワーガールたちが教会に入った。

「そろそろです」結婚式の進行役が告げ、イジーの胸の鼓動は激しくなった。そして再び、派手なトランペットの音がした。いよいよ入場の合図だ。

「いいか？」ローディが尋ねた。

イジーは背後の教会のドアをちらりと見た。両側に二人の衛兵が立っている。思わず逃げ出したい衝動に駆られたが、行く当てはない。それに、私が去ったあとの混乱はだれが処理するの？

塔に幽閉された昔話の王女ではないけれど、ニコと同じく私も状況にがんじがらめにされている。二人は離れられない。それならそれでなんとかしよう。

肩を引いて、顎を上げ、ほほえんで。

ローディがイジーの手にキスをした。「おまえさんは俺《おれ》になかった娘だ。誇りに思うよ。きっとフランク伯父さんも同じ思いだろう」

イジーは涙ぐんだ。ローディの言葉で心が温まった。「ありがとう。本当にありがとう」

ローディの腕を取ると、重い足をどうにか上げ、ドレスにつまずかずに教会に入場した。

各国の名士や王族、映画スターが見守っているが、みんなぼやけて見える。イジーの目は祭壇に集中していた。

祭壇に近づくと、タキシード姿のボイドが王と王妃が座る列の前方右側に立っていた。

ローディが腕をはずすと、イジーは急に不安に襲われ、ブーケを握り締めた。ローディが彼女のもう一方の手を握り、その手をニコの手にゆだねた。

イジーは、爪が切りそろえられた力強いニコの手を見つめた。夫の手。子供たちの父親の手。彼の指がイジーの指を握り締めると、腕に熱い興奮が走った。

息をするのよ、イジー。呼吸しなさい。

イジーの視線はゆっくりと腕をのぼった。ニコはタキシードではなく、肩に金色の組み紐《ひも》がついた軍服姿で、青いサッシュを胸にななめにかけていた。上着の上部に白いシャツカラーがのぞき、左側にはリボンと勲章が飾られている。腰には細い金色のベルトを締めていた。

まさに映画で見る王子だわ。

ニコがほほえむと、野性的な顔立ちがやさしくなった。傷跡さえも。イジーはぞくぞくした。

男性にしては美しすぎる。でも彼は、まるで天使が私のために作ったかのように、そこに立っている。心臓がため息をついた。

そのとき、イジーは気づいた。私がニコとの結婚を続けることに同意した理由はただ一つ。たとえ彼が白馬に乗った王子でなくてもかまわない。彼にとって恋愛結婚でなくても、私にとってはそうなりかけていたからだ。

私はもう夫に恋しているのだ。

ニコは祭壇の前に立つ女性を見つめた。彼女は息をのむほど美しい。明るい茶色の髪にダイヤモンドのティアラが飾られ、まさに理想の王女にしか見えない。優雅な白いドレスが体の曲線と色白の肌を強調している。

僕は幸せなはずだ。この若きアメリカ人のまわりに国民は集まった。だが、彼女は予想していた王女ではない。国を近代化する夢はすべてジュリアナとの結婚にかかっていた。幸い、父のおかげで、欧州《E》連合《U》の加盟についてはしばらく忘れられる。当面最も重要な務めは、イザベルを妊娠させることだ。

それはかまわないが、それ以外のことは……。

〝なにが必要か、一緒に考えよう〟

しかし、イジーと力を合わせるということが、ニコには見当がつかなかった。これまで同じガールフレンドと数カ月以上つき合ったことはない。いちばんの友は亡き兄のステファンで、少なくとも二回は命を救われた。新しい関係をどう築けばいいのか？　親の政略結婚は参考にできても、イザベルは……。

ニコはちらりと横を見た。

イジーはまるで、ニコの中で太陽と月と星が溶け合ったかのように彼を見つめた。ニコは息が苦しかった。こんなふうに人に見つめられるのは初めてだ。

これは今一瞬の感情、あるいは化粧のせいだ。

彼女は僕と同じく、義務感からこの結婚を承諾した。すでに逃げ道だって考えてある。

〝それがわからなければ、別居すればいいわね〟

そうなってほしくはないが、仲間の多くは必要な跡取りができたあと、別居している。

大司教が口を開いた。

ニコはその祈りの言葉に集中した。イジーと違って、誓いを交わせば結婚の実感がわくとは思わないが、子供を授かればわくかもしれない。

ともかく、気持ちはどうあれ、ベルノニアの国益が最優先だ。王子として、夫として、やはり務めは果たそう。きっと果たせるはずだ。

地球を半周した場所でも、結婚式の言葉や次第は似ているものだ。おかげでイジーは思いがけない安らぎと親近感を覚えた。

ニコの顔を見つめながら、大司教の言葉に集中した。死が分かつまで愛し、敬うこと。

「誓います」司教の言葉が終わると、彼女は言った。

ニコが短く息を吐いた。

安堵《あんど》の息ならいいけれど。後悔ではなく。

自分の望みはわかっていた。夫婦が永遠に添い遂げる真の結婚だ。だがそうなるためには、ニコも同じように私を愛してくれなければならない。

「指輪はありますか？」大司教が尋ねた。

指輪交換の儀式が続く中、ニコは必要な言葉を繰り返した。それが実現しますようにと、イジーは祈った。ニコは、ダイヤモンドとルビーのはめこまれた美しい金の指輪をイジーの薬指にはめた。サイズはぴったりだ。

イジーはニコに贈る金の指輪を指先で撫《な》でると、落とさないようにしっかりと握った。「愛と貞節のしるしとしてこれを与えます」少し震えながら、ニコの指に通した。やはりサイズはぴったりだ。

大司教は二人を夫婦であると宣言してほほえんだ。

「花嫁にキスを」

彼との初めてのキス。イジーは神経の高ぶりと期待で緊張した。そして、数千人の視線に。

ニコが唇を近づけると、彼女は目をつぶった。

唇がかすめるように触れ、すぐに離れた。

これだけ？　イジーは失望をこらえて目を開いた。

彼は私にキスしたかったんじゃないの？

突然、ニコの唇が戻ってきて、きつく重ねられた。キスにこめられた差し迫った欲求に、イジーは興奮した。こんなふうにキスされたのは初めてだ。思わず彼に抱きつきたくなったが、場所をわきまえて抑えた。参列する来賓だけでなく、テレビ視聴者の目もあるのだから。

ニコは唇を離してから耳元でささやいた。「今夜が待ちきれないよ」

イジーは期待でうずうずしながら指に輝くダイヤモンドの指輪を見た。私も待ちきれないわ。

披露宴はぼんやりしている間に進んでいく。招待客はシャンパンと料理に満足しているようだ。

　イジーは信じられないほど王女らしい気分だった。オーケストラに合わせ、ニコの力強い腕に抱かれてダンスフロアをくるくる舞った。彼は常に隣にいて、多くの外交官や高官にイジーを紹介した。手を離すこともめったにない。イジーは大事にされる喜びを覚え、今夜への緊張がいくらかやわらいだ。

　彼との結婚初夜。

　二人だけになるのはうれしいが、少し不安もある。一緒にベッドに入るのだから。

　ケーキカットのあと、イジーはブーケトスのために階段の踊り場に立った。白薔薇のブーケを握ると、下に立つ女性陣の目が期待に輝いた。

「どうかしたのか？」ニコが尋ねた。

「いいえ」イジーは昨年の友人の結婚式を思い出した。王族でも平民でも、女性がブーケをもらいたがるのは同じだ。「みんなを見ていただけよ」

「この瞬間を味わうといい」ニコはささやいた。「だが、期待している女性をこれ以上待たせないほうがいい」

　イジーはにっこりして手すりに背を向け、花を背後にほうり投げた。女性たちが花に手を伸ばす。ブーケが落ちたのはジュリアナの手の中だった。王室カメラマンが写真を撮るために花嫁とジュリアナを並んで立たせた。

　イジーはカメラを見つめた。「あなたはほほえんでいるけど、目が幸せそうじゃないわ」

「ブーケを取ったことが前兆かもしれないわ」ジュリアナが認めた。「アリエストルに帰る前に、別の王族と婚約させられるんじゃないかしら」

「ここにいなさいよ」イジーは言った。

　ジュリアナはため息をついた。「そうしたいけど」

「私は本気よ」イジーは言った。「私たち、今夜は城で過ごすけど、そのあと新婚旅行に出かけるの。

王と王妃はかまわないんじゃないかしら。お客がいるのが好きだから」

「父は気にするかもしれないわ」

「考えるだけ考えたら？」イジーは促した。

「ありがとう。そうするわ」ジュールズは答えた。

　数時間後、夫婦の寝室でイジーは召使いに手伝ってもらってウエディングドレスを脱いだ。どうせならニコが脱がせてくれればいいのに。新郎なのだから。

　召使いになにもかも世話をされるのは妙な気分だった。今夜の最も肝心な部分が抜けている。ニコはどこ？　結婚初夜に夫が妻をほったらかしにするのが結婚の未来のいい前兆のはずがない。

　イジーは召使いたちを下がらせた。ナイティなら自分で着られる。しかし入浴後、ガウンのリボンを三回結び直してから、これでよかったのかと不安になった。リボンはまだ曲がっている。

まあ、ニコは気づかないだろうけど。

　イジーは広い部屋を裸足《はだし》で歩きまわった。衣装だんすの中にテレビがあり、書棚は本でいっぱいだ。でも今は、テレビを見る気も、本を読む気もしない。

　彼女はちらりと時計を見た。

〝今夜が待ちきれないよ〟

　式でのニコの言葉を思い出すと、二人きりになっらいったいどうなるのかと、考えずにいられない。

　キャンドルの炎が揺らめき、壁の影が躍る。彼はこの部屋に来るのよね？

　イジーはフレンチドアを開けてバルコニーに出た。漆黒の空に星がまたたき、そよ風が眼下の庭園から薔薇の香りを運び、髪とナイティを乱す。

　これが私の新居。

　新婚の夫と一緒にいたい。

　彼がここにいてくれるだけでいいのに。

10

ニコは花嫁の箱を持って寝室に入り、テーブルに置いた。それが結婚の贈り物だ。箱は再びイザベルのものになった。古い習慣は守られたのだ。あとは彼女が僕の妻だと実感してくれればいい。せめて朝までにそうなるよう、できるだけのことをしよう。ニコの準備はできていた。式でのキスで欲求はつのり、披露宴など省きたい気分だった。部屋も準備できているようだ。

ステレオからソフトな音楽が流れ、キャンドルの揺らめく炎がロマンチックな雰囲気をかもし出す。羽根布団がめくられ、いつでも無垢《むく》な花嫁をベッドにいざなえる。あと必要なのはイザベルだけだ。

浴室をさがしたが、姿は見えない。ニコはさがす間に上着を脱ぎ、靴と靴下も脱いだ。

寝室にもいない。イザベルはすくんでクローゼットに隠れるような女性ではない。となると……。

ニコは意を決してバルコニーのドアへ向かった。頭の中はいつも彼女でいっぱいで、夢にまで出てくる。たぶん、ベッドをともにすればおさまるだろう。

彼は静かにドアを開けた。

イジーはこちらに背を向けてバルコニーに立っていた。星空を背景に、白っぽい姿が見える。

そよ風に髪が揺れ、そろいのナイティとガウンの裾《すそ》がひるがえる。その中に隠された宝物がもうすぐ僕のものになるのだ。僕だけのものに。

ニコはイジーに、この強いられた結婚のよさを教えるつもりだった。結婚初夜を、彼女にとってかけがえのないものにしたい。二人はすでに二十三年間結婚しているが、今夜初めて夫婦として結ばれる。

世継ぎをもうけるための義務としてではなく、肉体的な喜びを味わってもらいたい。そうすれば、やがて結婚は実りあるものになるだろう。

彼はバルコニーに出た。「星に祈っているのかい？　それとも、死んだふりをしようかとまた考えているのか？」

「溺《おぼ》れるのも悪くないけど、今は願いがかなったんだから、もう少しここにいるべきでしょうね」イジーは期待をこめて振り返った。「どうしてこんなに時間がかかったの、殿下？」

ニコはこの場で彼女を奪いたかったが、そうせずに首をかしげた。「多くの国家主席に礼を尽くさなければならなかったんだ。遅れてすまなかった」

離れていても、イジーの目に欲望が浮かんでいるのはわかる。ニコは体がほてり、胸が高鳴った。

「それなら埋め合わせをしてもらわなくちゃ」イジーはなまめかしく言った。今夜楽しめるのは間違いなさそうだ。

「君が満足するまでやめないよ」

イジーは裸足《はだし》で、部屋の明かりがもれる場所まで歩み寄った。薄い布地越しに胸のシルエットが見える。ニコの下腹部がこわばった。

「約束よ」イジーがひやかした。

「不満を感じさせないと約束するよ、奥様」

イジーはガウンのリボンに手を伸ばした。見かけほど冷静ではないらしく、指がもたつき、それがまたいとおしい。服を脱がせて裸身を見たいのはやまやまだが、もう少し待つことにした。

「僕にさせてくれ」ニコは二つのリボンをきれいに結んだ。「ほら」

イジーはとまどったまなざしで彼を見た。「リボンをほどくんじゃないの？」

「僕たちはそんなに急いでいるのかい？」

イジーの頬が赤くなった。

「我慢できない？」

「ええ、まあ」彼女は顎を上げた。「だって、あなたはシャツしか着ていないんだもの。もうレース開始の準備ができていると思ったわ」

「夜どおしレースをしたい？」

「いいえ、そんな――」

ニコはにっこりしてイジーを抱きあげた。

「どうするの？」イジーは目を見開いた。

「君を抱いて家の中に入るのさ」

「あなたが伝統好きとは思わなかったわ」

「意味のある伝統もある。とくに結婚初夜には」

イジーは身を震わせた。「緊張でどきどきしてきたわ」

ニコはきつく抱き締めた。「よくなったかい？」

「ええ」イジーは指先で彼の頬の傷跡を撫《な》でてから唇を押しつけた。「きれいよ」

「君ほどじゃないよ」

「私は人が手をかけてくれたから」

「人の手があってもなくても、君はきれいだよ」

ニコは腕の中の誘惑にあらがいきれず、唇を近づけた。イジーが体をそらしてキスに応《こた》える。

ニコがキスをしながら肩でドアを開けると、イジーはむさぼるように彼の唇を味わった。片手でニコの髪をとかし、肩甲骨の間に置いたもう一方の手で彼をきつく抱き寄せる。

今、大事なのはイザベルだけだ。彼女はこれを求めている。僕を求めている。そう思うと、体がかっと熱くなり、ニコは唇を重ねたままベッドへ向かった。彼女はいくら味わっても味わいたりない。だが、一瞬やめなければ。彼は顔を上げて唇を離した。

イジーが目を開けた。その目は情熱的でありながらもの憂げで、激しくもやさしい。整備士でありながら王女である本人のように、矛盾に満ちている。

僕の妻。

ニコは必死に自制した。本当は細かい作法など無視し、今すぐガウンの裾をめくってイザベルを奪いたい。だが、これは彼女の初体験だ。もっと大事にしなければ。体をからませ、汗まみれになって激しいセックスをするのでなく、ゆっくり愛し合おう。

彼はそっとイジーをベッドの端に座らせると、その前に立ってじっと見つめた。恥ずかしそうに彼女が目をそらすのを待ったが、視線は離れない。

本当におもしろい女性だ。

ニコはリボンの片方の端を引いて蝶《ちょう》結びをほどき、シフォンのガウンをそっと脱がせた。そして、あらわになった彼女の肩に口づけし、首筋と顎の線にキスの雨を降らせた。

イジーがキスをしやすいように顔を仰向けた。ニコはキスを続けた。肌の香りも味わいもすばらしい。やがてついに唇が耳たぶに触れると、イジーの口からやさしい吐息がもれた。

ああ、彼女はもっと求めている。そして僕も。

ニコはイジーをあらゆる意味で妻にしたかった。ナイティの細い肩紐《かたひも》に触れると、指の下に肌の柔らかさが感じられた。

イジーが彼の手を押しのけた。「まだだめ」

ニコがとまどって見つめると、彼女はベッドに膝をついてシャツのボタンに手を伸ばした。

「今度は私の番よ」

イジーは期待に胸を震わせながら、震える手でニコのシャツを脱がせた。布地越しに肌のぬくもりや波打つ胸の動きが伝わってくる。自分と同じく彼の呼吸も乱れているとわかり、少し緊張がほぐれた。

これが初めてだけれど、仕事場の男たちの話は耳にしたことがある。今夜の行為をすべてニコまかせにしたくはない。彼にも楽しんでもらいたい。

震える指で、また一つボタンをはずした。

「手間取っているな」ニコが言った。

イジーは次のボタンに取りかかった。「まだ試験走行よ」

「僕のタイヤは温まって、いつでも出走できるよ」

イジーは彼の胸にてのひらを当てた。「まだよ」

シャツの下の筋肉がぴくりとする。なんてたくましいの。彼は私を特別の存在だと思わせてくれる。彼のものだと。これが妻の実感なのかしら？

私は彼のものになりたいけれど、同時に彼を私のものにしたい。

イジーはようやくシャツの前を開くと、両手を彼の肌に這《は》わせた。首にかけた銀のチェーンに鍵《かぎ》が下がっている。花嫁の箱の鍵だ。彼女はそれに触れた。

「まだかけているのね」

「もう終わりだ」ニコは首からチェーンをはずしてイジーに渡した。「花嫁の箱はテーブルにある。再び君のものに、僕の妻のものになったんだ」

イジーは鍵を握った。「ありがとう」

「いや。今は鍵を床に置いて、続きをしよう」

イジーはシャツを脱がせると、あらわになった胸板と引き締まった腹部をほれぼれと眺めた。彼のすべてを記憶に焼きつけたい。腕にも胸にも背中にも戦争で負った傷跡がある。これが名誉の勲章なのだ。彼は母国を守るために戦った。きっと私を守るためにも戦ってくれるだろう。そう思うと、激しい欲望がわきあがった。

彼女は胸に触れ、肩から腰まで走る傷跡をなぞった。その最後に、手を開いてわき腹をおおい、親指でもう一つの小さな傷跡を撫でた。

ニコが鋭く息を吸いこみ、イジーは手を戻した。

「ごめんなさい」

「いや、いいよ」

「次にどうすればいいかわからないの」

「心配ない。今度は僕の番だ」ニコはイジーの手を取って口元に近づけ、指の一本一本にキスをした。

「君は服を着すぎだな」そう言って、ナイティの肩紐に触れる。

「明かりは？」

ニコはイジーをベッドから抱きあげると、頭部のほうへ移動して立たせた。そして照明を消したが、部屋じゅうに置かれたキャンドルがロマンチックな輝きを放った。「これで落ち着くかい？」

イジーははにかんでうなずいた。私は、ニコがデートをしてきた洗練された女性たちとは違う。

ニコが肩紐をすべらせて腕を抜くと、イジーは頬が熱くなった。ナイティが床に落ち、全身が彼の視線にさらされる。彼はじっくりと官能的に眺めた。

イジーは胸がどきどきした。

「すばらしいよ」ニコが両手を全身にすべらせると、歓喜の震えがイジーの体を貫いた。「息をのむばかりだ」

その言葉で、彼女の心は溶けた。

ニコは腰の曲線を指で撫でた。「レースの下着はつけていないんだな」

「その、じゃまになると思ったの」

「君は覚えが早い」

「ものによってはね」イジーは急に大胆な気分になって、ウインクした。「キスして」

ニコは再び唇を重ねた。今回は切迫したキスだった。彼に求められていると思うと、イジーはうれしくなった。そして、思いのままにキスを返した。

もう引き返せない。彼が欲しい。

ニコはキスをしながら、イジーの手をズボンのウエストバンドに導いた。興奮したイジーが不器用ながらもホックとボタンをはずし、ファスナーを下ろすと、ニコはズボンと下着を脱いだ。

イジーは視線を下ろした。まあ。思わず唾《つば》をのむ。指でそっと触れると、ニコはまた鋭く息を吸いこんだ。それからイジーの手をつかんでマットレスに横たえ、彼女の上におおいかぶさった。刺激的な男性の香りがイジーを包みこむ。ニコは頭を下げて唇を触れ合わせた。

キスのたび、体が触れるたびに、イジーは歓喜に震えた。彼は私をセクシーな気分にさせてくれる。私も彼に同じように感じさせたい。

イジーは再び大胆にニコの体を手でさぐった。低い声が彼の喉からもれる。自分のしていることに自信はなかったが、その反応で、続ける勇気が出た。

「レースは始まったばかりだ」ニコが言った。「だがこの調子で行けば、黒旗で君をすぐピットに行かせないといけない」

彼がレース用語を使ったのにどきどきした。「どうして私をピットに行かせたがるの？」

ニコの額は汗ばんでいる。「ルール違反だからだ」

「黒旗は忘れて。ルールに無知だからって私にペナルティを科すことはできないわ」イジーは彼に触れつづけた。「まだ何周もしなければならないのよ」

「それなら黄色の旗だ」

「警告？」

ニコは片手をイジーの手に重ねた。「急ぐな。でないと、走行中のクラッシュ間違いなしだぞ」

イジーは彼の腰から胸へと手で撫であげた。「そのほうがいいわ」

「君にはな」

イジーは笑った。「また走行可能になるまでに、どれくらいかかるの？」

「もういいのか？」

イジーは熱をこめてうなずいた。「あなたは？」

「その質問に答えるのは君だ。君は初めてだから……」

確かに経験があれば、もっと楽だろう。ただ、どんなに不安でも、今夜まで待ってよかったと思った。

彼に出会うまで。「あなたを信用するわ」

なにかがニコの瞳の中できらめいた。「僕は君の一周先を行っている。君を追いつかせよう」

彼は再びキスをし、同時に指で快楽を与えた。

イジーは熱くなった体を寄り添わせるように弓なりにした。もっと欲しい。もっと、もっと。

幸福感でいっぱいになってニコの目を見つめた。

「花嫁の箱も、あなたも、今は私のものよ」

ニコがイジーの脚の間にすべりこむ。イジーの体は彼を迎え入れた。私が欲しい男性はニコだけ。彼以外の夫なんて想像できない。

翌朝、ニコはベッドに横たわったまま、寝ているイジーを見た。脚をからめて寄り添っている。ベッドから出るには体を離さなければならないが、彼女を起こしたくはない。起こせば、彼女は僕がどこへ行くか知りたがるだろう。あいにく自分でもわからない。ただ考えるために彼女から離れたいだけだ。

ニコは片脚を引き抜いた。

セックスはすばらしかった。予想以上だ。好奇心と熱意で経験不足を補うイジーには、抵抗できなかった。すっかり満足し、疲れ果てながらも、さらに欲しくなった。

開いたバルコニーのドアから風が吹きこんだ。

しまった。あわてて彼女をベッドに運んだために、閉め忘れていた。城ではプライバシーが重要で、ふだんは気をつけているのに、結婚式でキスをした瞬間、我を忘れてしまった。

情けない。こんなことはかつてなかった。僕は彼女を妻にしたかったのに、彼女が僕を夫にしたのだ。

今朝も体がうずき、心は……。

いや、心まで妻の魅力に惑わされるのはごめんだ。結婚生活で心を優先するのは賢明ではない。妻を愛するのは当然だが、僕にはまだその用意がないのだ。

いつその気になるかもわからない。

　なぜなら、イザベルは昨夜喜んでベッドに来たが、結婚したのは父の不正な作戦にはまったからだ。彼女が本気で結婚したのかどうかはわからない。妻を愛しても、ベルノニアに害はないが、彼女は名目上の結婚が目的を果たしたのち、ボイドと離婚することに良心の呵責《かしゃく》を感じなかった。この結婚もそうなのかもしれない。僕についても。

　ニコは危険を冒したくなかった。

　感情的に距離を置き、愛情を持たないようにしよう。兄を失っただけでもつらいのに、イザベルにまで去られたら……。肉体的に妻に惹《ひ》かれても、あんな思いは二度としたくない。僕は務めとして彼女と結婚した。今後も務めを果たして彼女を妊娠させ、なんとしても結婚を成功させよう。

　だが、この結婚に感情の入りこむ余地はない。


　イジーは目を開けたくなかった。疲れて体が痛むが、今日一日、夫とベッドで過ごしたい。

夫。ニコのキスや愛撫《あいぶ》に応えた自分を思い出し、体が熱くなった。もっと、と手を伸ばしたが、夫はいなかった。彼女は目を開けた。「ニコ？」

　返事はない。朝一人で目覚めるとは思わなかった。シーツに身を包んで浴室とバルコニーをのぞいてみたが、どちらにもいなかった。

　そのとき、ノックの音がした。イジーはシーツの代わりにガウンを着て、ドアを開けた。マレが朝食をのせたワゴンのわきに立っていた。「おはようございます。シェフが朝食をご用意しました」

　朝食は一人分だ。「プリンス・ニコを見た？」

「はい。殿下はオフィスにおられます」

　仕事なのね。イジーはほっとした。今日、新婚旅行に発《た》つことを思えば、驚くことではない。ニコは出かける前に用事をすませたいのだ。

イジーはバルコニーで朝食を楽しんだ。庭園から咲きたての薔薇《ばら》の香りが漂い、太陽が明るく輝いている。顔にほほえみが広がった。そして心は……。

イジーは目を閉じて、顔を上げた。日の光が顔にキスする。肌のぬくもりでニコを思い出した。国を愛し、忠誠を誓う彼が、同じように私を愛してくれますように。そうなるようになんでもしよう。

二時間後、イジーはニコと並んでヘリポートへ向かった。午前中に彼と顔を合わせるのは初めてだ。ポロシャツとカーキのズボン、革のローファーというカジュアルな格好でも、さまになる。フォーマルな装いでも、生まれたままの姿でも、いつでもすてきだ。ふいに頭に浮かんだイメージに、イジーは思わずほほえんだ。「新婚旅行はどこで過ごすの?」

「すぐにわかるよ」

「ふさわしい服をつめていればいいけど」

ニコは顔をしかめた。「マレに支度させればよかったのに」

「自分でするのが好きなの」イジーは肩をすくめた。

「王女としての役割に従わなければ、イザベル」

怒った声ではないが、顔に笑みはない。「私はそれよりベルノニア皇太子に従いたいわ」

「それなら、両方に従ってくれ」

ヘリコプターは北上した。勇壮な山脈は雪をいただいている。荒涼とした領地はニコを思わせ、イジーは温かな気持ちになった。「きれいね」

「ああ」窓の外を見ているニコはうわの空のようだ。

昨夜、腕に抱かれたときのような絆《きずな》を感じたくて、イジーは彼の手に手を重ねた。

ニコは笑顔で振り向いたが、目が笑っていない。

気のせいよ。イジーはほほえみ返した。

だが彼は、指をからめて手を握ってはこない。

変だわ。昨夜結ばれたあとはもっと親密になると思ったのに、彼はどっちつかずのようすだ。

「どうかしたの？」イジーは尋ねた。

「別に」

「疲れたの？」

「いや、元気だよ」その口調は堅苦しい。

「そうは見えないわ。態度が不自然よ」

ニコは顎を突き出した。「いつもの僕だよ」

いいえ、違うわ。出会った日のほうが今より親しみがあった。イジーは手を離したが、彼はそれにも気づかないようだ。心の奥がひりひりした。

甘いハネムーンは始まる前にもう終わってしまったの？

イジーは不安に襲われながら外を見つめ、少し待とうと決意した。景色に集中していると、遠くに城が見えた。王室の居城よりは小さいが、やはり尖塔《せんとう》が空に突き出し、おとぎ話から抜け出たようだ。

ヘリコプターが近づくにつれ、城が鮮明に見えてきた。石壁が敷地を囲い、緑の芝生の上に道が十文字に走って、高い木々が青い湖を囲んでいる。

イジーは額を窓につけた。「すてきなお城ね」

「君の城だよ」ニコが言った。

イジーは彼のほうを見た。「私の？」

「あの城にご両親と住んでいたんだ。君の一族の家だよ」

我が家？ 信じられない。「そこへ行くの？」

「ああ。ビーチほど暖かくはないけどね」

「ビーチよりずっといいわ」私はニコの言動を深読みしすぎなのかもしれない。彼はちゃんと新婚旅行先まで考えてくれていたのだ。「ありがとう」

実際の城は、数えきれないほどの寝室と、整備士にとっては夢のような広いガレージが六つもあり、最高の場所だった。スタッフも頼りになる。

イジーとニコは数日かけて敷地を探検し、さまざまな村をまわって住人を訪ねた。イジーは楽しみながらも、ニコにはやはり違和感を覚えていた。気を配ってはくれるが、その態度は夫というより友人のようだ。もしかしたら、結婚というのはこういうものなのかもしれないけれど……。

確かにベッドではイジーを激しく求め、彼女の望む親密さを味わわせてくれた。結婚のすばらしさが肉体的な喜びだけではないことも教えてくれた。しかし、寝室から一歩出ると、とたんに親密さは消えてしまう。

「ここが気に入ったようだな」三日後に敷地を散策しながら、ニコが言った。

「ええ、大好きよ。お城も、人々も、村も」

あなたも。

イジーは身も心もニコに捧《ささ》げたかったが、気持ちを伝えるのは不安だった。彼は私に嘘《うそ》はつかないと言った。その正直さに今は向き合いたくない。でも、それ以外のことでは正直になれる。

「ここは……」イジーは新鮮な山の空気を吸って、不安を抑えようとした。「まるで故郷みたい」

「サチェスティアは君の故郷だからね」ニコは言った。「君はいつでも好きなときにまた来ればいい」

〝僕たち〟でなく〝君〟なの？　そのひと言で、信じていた未来が変わり、イジーは失望感に襲われた。

結婚で愛が開花するという希望はしぼみ、〝死が分かつまで〟の誓いは鈍痛を伴う記憶になった。私はもっと欲しいのに、結局ニコが与えてくれる肉体的な親密さだけで満足しなければならない。なにがあってもニコは私を愛してくれないのだ。

翌日、ニコはイジーを小型ボートに乗せて湖に出た。刹那《せつな》的な夜に比べ、昼間はのんびりと過ぎていく。彼は今朝のイジーの腰の揺れとまなざしを思い出した。日差しの下では、情熱やエネルギーは消えたようだ。「疲れているようだね」

「そんなことないわ……」ニコはその続きを待った

が、イジーはなにも言わなかった。

僕のせいだ。距離を置いてきた効果がようやく現れた。初めのうちイザベルは僕から離れようとしなかったが、最近では話していても黙っていてもかまわないようだ。セックスをするとき以外は。ベッドでの相性は最高だ。警備隊が岸から見ていなければ、今も愛を交わしたい。「今日は口数が少ないな」

イジーは肩をすくめた。「ここもあと二日ね」

「もっと長くいられなくて残念だよ」

イジーは元気づいた。「本当に？」

「ああ」結婚についてはまだよくわからないが、新婚旅行やイジーと過ごすことは楽しかった。「こんなにくつろげたのはいつ以来かわからないよ」

イジーの肩が再び下がった。「私も」

こんな彼女を見るのは好きじゃない。「君はくつろいでいないようだな」

「ここを発ったあとのことが心配なの」

キスをして心配をぬぐうこともできるが、ニコは正直になりたかった。「家に帰ったら、状況は変わるよ」

イジーは指先を水につけた。「もう楽しいセックスはなし？」

「どこにいても、それが続くことは保証するよ」ニコはボートを揺すった。「これは頑丈そうだな」

イジーはあきらめたようにほほえんだが、その目に誘いの気配はない。

「戻ったら、こんなに一緒には過ごせなくなる」思いがけなくイジーの顔に安堵《あんど》の表情がよぎったのがニコは気に入らなかった。「君はベルノニアの王女の役割を果たさなければならないからな」

「すぐに？」

「明日はどうだ？」もっとすることがあれば、イザベルも気が晴れるかもしれない。「地方の役人が村の祝いに出てくれというんだ。家に帰ってからの公務の予行演習になる」

イジーは首を振った。「今は……休暇中よ」

「ああ。だが、パレードに参加するだけだ。時間はかからないよ」

「どうかしら」

「君は笑顔で手を振るだけでいい。人々も王女としての君を見て、ご両親を偲《しの》ぶだろう」

イジーは両手を握り締めた。「もしころんだら？」

「君は馬車に座っているんだ」イジーがちらりと舌を出すのを見て、ニコはにやりとした。「君がころびそうになったら、僕がつかまえるよ」

彼女の目の表情は読み取れない。「わかったわ」

できればもっと喜んでほしかったが、少なくとも王女としての立場を真剣に考えてくれているのはうれしかった。「ありがとう、イザベル」

イジーの目が真剣になった。「戻ってからの私の生活はこうなの？　パレードやらなにやら？」

「君は式典への参加や外出など、公人の役割を果たすことになる。何回かこなせば、慣れるよ」

「なんだかつまらなさそうね。人々に手を振ったり、テープカットをしたり」

「つまらない仕事もあるが、行事への参加は国民が期待する重要な務めだ」

「務めであってもなくても、私はちゃんとした仕事をしたいの。人を助けたり、なにかをなし遂げたりしたいのよ。だから整備士の仕事が好きなの」

「それなら君独自に、人を助けたり、なにかをなし遂げたりすればいい」

「私独自に？」

「慈善活動だ」ニコは説明した。「社交行事でも福祉でも、僕と一緒の務め以外で、なにかにエネルギーをそそげばいい」

「慈善活動も務めなの？」イジーは尋ねた。

ニコはうなずいた。「君のすることを全国民が支持するよ」

イジーは水平線を見た。目に輝きが戻り、胃の緊張がゆるむ。「Ｆ１を招致してもいいわね」

ニコはオールで水を深くかいた。その考えから彼女の気をそらさなければ。「Ｆ１は興味深いが、ほかにもなにかあるだろう」

「考えてみて」イジーの鼻に二本のしわが寄る。「長く行方知れずだった王女がレースを後援すれば、多くのマスコミと観光収入が集まるわ」

「たいていの王女は教育や健康問題に取り組む。だから慈善活動と呼ぶんだよ」

イジーはニコを横目でうかがった。「私はほかの王女とは違うわ」

「ああ。だが今、王女らしさに取り組んでいるだろう？」ニコは半ば冷やかすように言った。

イジーは笑わなかった。「車とレースが私らしさなの。それと慈善活動を結びつけて、なにがいけないの？」

「自分らしい趣味を持つのはいいが、それでも君はベルノニアのイザベル皇太子妃殿下なんだ」ニコは説明した。「みんなの手本になるんだよ」

イジーは顔をしかめた。「じゃあ、今の私では手本になれないというわけね」

「今の考えをもっと大衆受けするものにしたら、君はもっと強力な手本になるよ」

イジーは腕を組んだ。「つまり、今の私は大衆受けもしないわけね」

「そういう意味じゃないよ」

「じゃあ、どういう意味？　あなたは国を近代化したいと言いながら、古い固定観念にこだわっている。時代が変わっていることを国民に示すべきだわ」

「だが、国民にショックを与えるのはまずい」

「私が整備士として働くのなんてショックじゃないわ。Ｆ１をベルノニアに招致するのも。実際、名案よ。せめて考えてみて」

「変化には時間がかかる。レースの招致に夢中になる前に、ジュリアナが君の立場ならどうするか考えてみたらどうだ？」

イジーはひるんだ。「私にジュールズのようになってほしいの？」

「慈善活動を選ぶなら、彼女がいい手本になるよ」

イジーの目に怒りが燃えた。「ジュールズがなにを選ぶか知らないけど、彼女がしないことはわかるわ」

「それは？」ニコは尋ねた。

イジーはオールを一本つかんで湖に投げ捨てた。

ニコはあわてて手を伸ばした。「行儀が悪いぞ」

イジーは立ちあがった。「エンジンがかかっただけよ」

彼女がなにを考えているかわからないが、その声には今まで聞いたことのない激しさがある。「ボートからころがり落ちる前に座れ」

イジーが片側に身を乗り出し、ボートが傾いた。

「イザ――」

イジーはニコもろとも冷たい水の中に落ちた。ニコは必死にイジーをボートに戻そうとしたが、彼女はその腕をかわし、背泳ぎで距離をあけた。「ジュールズは友達だけど、彼女のようになりたくはないわ。私は私でいたいの」そう言うと岸に向かった。優雅なストロークでぐんぐんニコから離れていく。

岸の警備隊が湖に飛びこんだ。ニコはオールをつかんでボートに戻り、沈む気持ちでイジーを眺めた。

新婚旅行はまだ二日あるが、明らかにもう終わりだ。ニコは岸に戻ったが、この先どうなるのかはわからなかったし、わかりたくもなかった。

11

翌日、曇り空が午後の太陽を隠し、城の執事のエミルはパレード中に雨が降るだろうと予言した。村の祝いにはあいにくの天気だが、イジーの気分にはぴったりだった。湖での一件以来、ニコとはほとんど言葉を交わしていない。昨夜彼は別の部屋で眠り、今朝の朝食はとらなかった。一時間前、村へ向かって城を出るときに初めて顔を合わせたのだ。

リムジンの中には冷たい沈黙が満ちていた。ニコになにを言ったらいいか見当もつかない。喧嘩《けんか》は時間と労力のむだだと知りつつ、どうしたらいいかわからなかった。

「用意はいいかい？」色とりどりの野の花で飾られた馬車の座席につくと、ニコが尋ねた。

ベンチシートのニコとの間は大きく離れている。イジーは村人のために笑顔を作った。「いいえ。でも、もうパレードのキャンセルはできないものね」

「みんながっかりする」ニコがそっけなく言った。

村人は狭い通りに並び、大小の国旗を振っている。

「故郷の七月四日のパレードを思い出すわ」

「今が七月四日なら、君はホットドッグとハンバーガーを食べているんだろうな」

「ええ。でも、あそこの屋台で作っている肉と玉葱《たまねぎ》のグリルは香ばしくておいしそう」イジーはブランド物のジャケットとスカート、帽子、手袋、ハイヒールといういでたちを手で示した。「こんな服装はしないけど。ふだんはTシャツとジーンズだから」

「今日はみんな、王女を見に来たんだよ」

サチェスティアの王女。未来の王妃。不安で胸がざわめく。「わかっているわ」

村人を失望させたくないから、メイドが用意した服を着てきたのだ。でも、きれいな服を着て、妃殿下という呼びかけに応《こた》えても、内面はイジーだ。それは変わらない。新しい服を着て、王女教育を受け、王子が夫となっても。

それをニコが理解して、ありのままの私を受け入れてくれれば、結婚も続くかもしれないけれど……。

イジーは手袋を整えて群衆に集中した。村人の親しみをこめた笑顔と手振りに不安がやわらぐ。

馬車の前方では、伝統衣装を着た民族舞踊の踊り子を乗せた山車をトラックが引き、そのうしろでマーチングバンドが音楽を奏でている。

イジーはニコと同じく笑顔で手を振った。だが、やはりニコの目は笑っていないし、二人とも沈黙していた。村人が二人の緊張に気づいていないようすなのが、せめてもの救いだった。

馬車が急にとまった。御者がブレーキを踏んで、二頭の馬が蹄《ひづめ》で地面を蹴《け》る。前方の山車もとまり、地元の役人が馬車に向かって走ってきた。

「どうしたんだ?」ニコが尋ねた。

「山車を引くトラックが故障しました、殿下。今、整備士を呼んでいます」

やっと役に立てるチャンスだわ。イジーは警備員の助けを借りずに馬車から飛びおりた。

ニコが続いて通りに降り立った。「なにをしているんだ?」

「整備士が必要なのよ」イジーはスカートを整えた。

「君は王女だぞ」

「両方だっていいでしょう?」イジーは声を落として笑顔を保った。ジュールズがほめてくれるわ。

「だめだ」ニコが声をひそめて言った。

イジーは手袋をはずした。「パレードを続けなくちゃ」

「やめろ、イザベル。村人が――」

「私はあなたよりこの人たちに近いわ」

「そんなことはない。よせ。大変なことになるぞ」

「過剰反応よ」イジーは国民の王女と慕われたプリンセス・ダイアナを思い出した。ダイアナはただ座って他人に世話をされて、その称号を得たのではない。「自分のしていることはわかっているわ」手袋をジャケットのポケットにしまいながら山車の横を急ぐ。そこへ一人の役人がやってきた。

「なにかお力になれますか、妃殿下？」

「トラックを修理できるか見に行くところなの」

役人が息をのんだ。「整備士が必要です」

イジーは顎を上げた。「私が整備士よ」

トラックのボンネットはすでに開き、数人が中の仕組みを見つめている。

「エンジンは壊れていない」トラックの運転手が頭をかいた。「だが、トラックが動かないんだ」

「失礼」イジーが祭りの衣装の踊り子たちをかき分けながら声をかけた。

群衆が彼女のために道をあけた。トラックはかなりの年代物だ。イジーは放熱格子にのぼって中をのぞいた。ホースとファンベルトをチェックすると、グリースで手が汚れた。指の爪も一本折れた。トラックがとまるからには、どこかが壊れたに違いない。そのとき、折れたスロットルが目に入った。

イジーはニコが背後に来るのを感じた。

彼がささやいた。「だれかに修理させろ」

「修理法ならわかるわ」イジーは周囲に立つ面々を見たが、笑顔は一つもない。「眼鏡が欲しいわ。サングラスでも。金属縁のものがいちばん楽ね。それなら代用できるわ」

役人の一人が進み出た。不満そうな目つきだが、イジーに眼鏡を渡した。

「ありがとう」イジーは眼鏡のつるを片方はずし、スロットルの連動装置に通して両端を結んだ。そしてボンネットを下ろした。「これで動くはずよ」、トラックの運転手がギアを入れると、トラックは前に進んだ。「動いた」

群衆は静まり返った。拍手する者も旗を振る者もいない。村人の目にはショックと失望が浮かんでいる。イジーには理解できなかった。パレードが続けられるのに、笑顔なのは子供たちだけだ。

〝大変なことになるぞ〟

老人は首を振り、男たちは顔をしかめた。女たちはささやき、イジーのほうを手で示す。

イジーは急いで馬車に戻ると、汚れた手をこすり合わせた。スカートにグリースがついている。

ニコが真っ白なハンカチを差し出した。こわばった顎と引き結んだ唇から、機嫌が悪いのは明らかだ。

イジーはハンカチを受け取って手をふいた。「どうしてみんなが不満なのかわからないわ」

馬車は前進した。

「みんなは王女、自分とは違う特別な人を見に来たんだ」ニコはイジーからハンカチを奪って、彼女の顎をふいた。「ところが、見たのは服や手が汚れるのもかまわない女性。それで裏切られた気がしたのさ」

イジーの頬がかっと熱くなった。「私は力を貸して人々の心をつかみたかったのよ」

「君はトラックの修理中に群衆に歩み寄り、触れ合えばよかった。自分で修理するのではなく、だれかに指示すればよかったんだ」

イジーはまだ汚れている手を見て、手袋をはめた。

「そんなことは教わらなかったわ」

「教えるチャンスもなかった。だが、正直なところ、君は僕の話を聞いたと言えるかい?」

イジーは恥ずかしさに身を硬くしながらも、村人に手を振りつづけた。しかし、村人は手を振り返さなかった。「これが私なのよ」彼女は静かに言った。

「君は平民じゃない」ニコは風船を持った幼女に手を振った。「国のために将来や夢を捧《ささ》げる特別な女性、ベルノニアのイザベル皇太子妃殿下なんだよ。そろそれらしく行動しろ」

　父親に肩車されてアメリカ国旗を振る少年に投げキスをしながら、イジーは悟った。「あなたは整備士でレース狂のイジー・ポーサードを受け入れないのね」

「もう過去を捨てて前進するときだ」ニコは言った。

「あなただって古くさい考えを変えないでしょう」

「変化には時間がかかるんだ。ベルノニアに必要なものはわかっている」ニコはイジーを見つめた。

〝父は世継ぎが必要だと信じている〟

　イジーにとって最悪の不安が的中しつつあった。ニコが新婚旅行に来たかったのは、結婚生活を正しく始めるためではなく、私を妊娠させたかったからなのだ。どうりで寝室でだけ情熱的だったわけだわ。

　この結婚は最初からいんちきだったのだ。

「あなたは妻なんていらなかった。欲しいのは赤ちゃんだけ。結局、お父様と同じだわ」

　村からの無言の帰途で、イジーの心はさらに離れたようだった。ニコは手を差し伸べたかったが、できなかった。こんな状況に陥ったのは初めてで、いらだっていたからだ。

　リムジンが城の前でとまった。車から降りたイジーは振り向きもせずに城に入っていく。ニコはそのあとを追って寝室へ行った。

　イジーは深呼吸をした。「すべて間違いだったわ」

　ニコはほっとした。彼女は僕を失望させたことを理解したのだ。「村人に向けて正式な謝罪文を出せ。今日のパレード中、判断を誤り、不適切な行動をしてすまなかったと」

　イジーは唖然《あぜん》とした。「パレードのことじゃないわ。私たちの結婚のことよ」

ニコの抑えていた感情が爆発した。「結婚？　僕が陥れられた結婚のことか？」

「私が結婚したがったわけじゃないわ！」イジーは言い返した。その目は光っているが、涙はない。「私は、ありのままの私を愛し受け入れてくれる人と対等の関係を築きたいの。義務の対象ではなく、妻になりたいのよ。私を避けて、子作りのためだけにセックスしたがる人と結婚していたくないわ」

イジーの言葉はニコの心に刺さった。僕は彼女の求めるものを与えられるのだろうか。彼女が求めすぎることにすでに怒っているのに。「まだ結婚したばかりじゃないか。知り合って数週間だ。それに、これは夢のようなロマンスでも恋愛結婚でもない」

「ロマンスや愛をあなたは求めていないのね」

「ああ。嘘《うそ》はつかれたくないだろう？」

「それなら私も正直に言うわ」イジーはニコの目を見つめた。「私はこの国のための結婚をまっとうできる自信がないわ。務めとか責任とか、理解できないの。これからも理解できないでしょうね」

「イザベル――」

イジーが手を上げたので、ニコは言葉を切った。

「私はあなたが国のために求めるような完璧《かんぺき》な王女にはなれない」声がうわずった。「王家の繁殖馬にもなりたくないわ。今後どうするか考えさせて」

ニコは胸が苦しくなった。「今後？」

「ベルノニアに残るか、シャーロットに帰るか」

その言葉にニコは驚いた。どんな困難があっても、彼女は広い心で受けとめて乗り越えると思っていた。アメリカに戻ろうと考えるなんて、よほど傷ついたのだろう。「何事も一緒に考えると決めたはずだ」

「私たちが一緒になれるのはベッドの中だけよ。でも、セックスでは解決しないわ」目に苦悩が宿るのが見て取れた。「なにかを一緒にするなら、その前にそれぞれ自分で考えないと」

「違う」

「もう行って」

ニコはなじみのない狼狽《ろうばい》を覚えた。彼女から離れたくない。彼女を失いたくない。

思わずイジーを抱き寄せ、きつく唇を重ねた。イジーは体を離さずにキスを返した。自分の気持ちをどう表現したらいいかわからないが、行動で示すことはできる。ニコは彼女がしがみついてくるまで、思いのたけをこめてキスを続けた。

ようやく体を離すと、イジーの目にも同じ情熱と困惑が浮かんでいた。「今出ていくよ」

数週間が過ぎ、イジーはまだサチェスティアの城にいた。ニコと連絡を取ったのは一カ月前、城の所有権を含む、父親の財産の譲渡書類が届いたときだけだ。彼からは電話も電子メールも来ない。

だから最近みじめで気が晴れないのだろうか。

イジーはまだ今後のことを考えていなかった。去り際のニコのキスが頭を離れないのだ。彼の必死さはありありと伝わってきたが、あれが彼の本心なら、どうして連絡してこないのだろう？

父親の一族について知るために、イジーはもうしばらくサチェスティアに残ることにした。数日かけて村々を訪ね、村人と会って、収穫を手伝ったりした。王女らしい行動ではないが、パレードでの失敗のあと、徐々に村人の心をつかみはじめていた。

古い世代はニコと同じく王族らしさの固定観念に縛られているが、子供や十代の若者は違う。ありのままのイジーを受け入れ、車のことを知りたがった。イジーが修理の基本を教えると申し出ると、村役人の予想に反し、十五人の子供が集まった。

教えながら、イジーはめまいを覚えて腰を下ろした。村医者の娘である生徒がすぐ父に診てもらうように勧め、イジーを小さな診療所に連れていった。

検査を受けたあと、検査室で結果を待っていると、医者が戻ってきた。「いいお知らせですよ」

「悪いところはないということですか？」

「ええ。しかも妊娠なさっています」

妊娠。ニコの子供。イジーは呆然《ぼうぜん》として、なにも感じられずにただ座っていた。

「何週ですか？」

「それは超音波検査をしませんと」

イジーはうなずいた。夫婦としてともに過ごしたのはわずか一週間だから、容易に推測がつく。たぶん七週か八週目だろう。王家の繁殖馬は難なく務めを果たしたのだ。イジーは笑うべきか泣くべきかわからなかった。

赤ちゃん。そう思うと、強い愛情がわきあがった。ああ、ニコがいてくれれば……でも、彼はいない。生まれてくる赤ん坊は自分の子であると同時にニコの子でもある。彼に黙っているのは許されないことだ。超音波検査が終わりしだい電話しよう。彼が今いちばん話したくない相手だとしても。

ニコは執務室の机に向かっていた。パソコンの画面の文字がかすんで見え、目をこする。長時間の疲労が出たのだろう。しかし、この数週間、心の空虚を満たしてくれたのは仕事だけだ。

いや、心じゃない。ベッドの隣のあいたスペースだ。心の空虚は仕事では満たされない。

ニコは頭痛を覚え、こめかみをもんだ。ジョバンが控える外のオフィスで電話が鳴った。ニコが顔を上げて首の筋肉を伸ばすと、机の前に側近が立っていた。

「お電話です」ジョバンが言った。

「君が対応してくれ」

「相手はプリンセス・イザ――」

ニコは机の受話器をつかんだ。「イザベル」

ジョバンは笑顔で執務室を出てドアを閉めた。

「こんにちは、ニコ」

七週間ぶりに妻の声を聞いて、安堵《あんど》と後悔の入りまじった妙な気分になった。「財産の譲渡書類は受け取ったね」

「ええ、ありがとう」

気まずい沈黙。

女性に言うべきことはいつだってわかっているのに、イザベルが相手だと、皇太子ではなく、教師に片思いする学生のように口下手になってしまう。

「僕は――」

「その話で電話したんじゃないの」イジーが同時に言った。

「すまない。じゃあ、用件は？」

「私……妊娠したの。双子を」

ニコは驚いた。「双子」

「ええ」イジーは言った。「世継ぎと予備の子を」

彼女の声に深刻な響きがなければ、声をあげて笑ったところだろう。

「うれしいでしょうね」感情を排した声だ。

「わくわくするよ」実際、そうだった。これで二人は元に戻れる。「明日迎えに行こう」

「状況はなにも変わらないわ」

「だが、妊娠したんだろう」

「ええ、病気じゃないわ。医者からつわりが起こる可能性はあると注意されたけど」

「大学病院の医者に診てもらわないと」

「村医者で十分よ」

「だが――」

「私はここにいるわ。ただ、あなたに赤ちゃんのことを知らせなくちゃと思ったの」

少なくとも彼女はサチェスティアにいて、アメリカに戻ったわけではない。ニコはそれだけでありがたかった。それに、彼女の声は以前と違い、大人びたようだ。妊娠のせいか？「ありがとう」

「流産の恐れもあるから、最初の三カ月は身内と親しいスタッフ以外には伝えないで」

ニコは胸が痛んだ。彼女と一緒にいたい。「医者が心配しているのか？」

「いいえ。ただこういうことを公にしたくないの」

いい考えだ。「わかるよ」

「ありがとう。もしあなたが来たいなら、次回の予約は二週間後よ」

「行くよ」招待に感謝し、ニコは迷わず言った。

「その日の予定はあけておく」

「情報はジョバンに送るわ」

ジョバンに。ニコは内心傷ついた。この壁をなんとかできないものか。「わかった」

「それじゃあ」

「なにか必要なものがあるなら……」

「いいえ、ニコ。じゃあ、予約の日に」

返事をする間もなくイジーは電話を切った。

ニコは強い感情につかれて立ちあがり、部屋を出て国王の執務室に向かった。執務室に入ると、王は電話を切ったところだった。「ニコ――」

「イザベルが双子を妊娠しました」

「期待以上の結果だな」王の顔に笑みが広がった。

「いつ彼女は帰ってくるんだ？」

「彼女はサチェスティアにいます。まだいろいろと解決しなければならないことがあるんです」

「おまえはもう解決したのか？」父王は尋ねた。ニコが一人で新婚旅行から帰ってきたときに言ったことを思い出したようだ。

「喧嘩はもうやめて彼女と一緒にいたいのです。ただ、彼女は僕の申し出を好まないかもしれません」

「おまえには務めがある」

「ええ、ベルノニアへの」

「そして妻と子供たちへの務めも、だ」王は立って机の前にまわった。「感情を抑えて国にとって最善のことをしろと私はおまえに言った。しかし、その助言をおまえが孫たちにすることは望んでいない」

「えっ？」ニコは聞き違いかと思い、父を見つめた。

「統一ベルノニアは歴代国王の悲願だが、そのためになにを犠牲にした？　ステファンの命？　戦死したほかの息子や娘、父や母か？」王の声に後悔の念がにじんだ。「私は感情に左右されずに決断した。父に言われたとおり、感情は弱さだと考え、息子たちへの気持ちも妻の心配も無視した。今はあの壁に張られたベルノニアの地図を見るたびに思うのだ」

「なんと思うのです？」ニコは固唾《かたず》をのんで待った。

「もし分離派を大目に見たら、今もステファンは生きていただろうか、と」

父のこんな声を聞くのは初めてだった。ニコは言葉につまって前に出た。「父上――」

「だからおまえとイジーを結婚させておき、最後まで見届けるほかなかったのだ。統一ベルノニアがすべての犠牲に値するものなのかどうか知るために」

「値するものになりますよ、父上」

「ステファンを亡くしたのは残念だが、おまえはよい統治者だ、ニコ。立派な国王になる」

ニコは背筋を伸ばした。「恐縮です」

「だが、私は心配なのだ」王は認めた。「おまえは国の近代化を説きながら、古い観念にも縛られている。とくに王女のあるべき姿に関して」

イザベルも同じことを言った。ニコは居心地が悪くなり、身じろぎした。

父王は続けた。「イジーはほかの王女とは違うが、ありのままでおまえから愛されうる存在だ。政略結婚でも、それはできるはずだぞ」

ニコは父の言葉について考えた。「国民が――」

「パレードの失敗はもう償った。国民はイジーを許し、愛している」

「彼女をスパイしていたのですか」

「おまえはしていないのか?」

「衛兵を数人……偵察に行かせはしましたが」

「やっぱりな」王は笑った。「おまえはずっと求められることをしてきた。そろそろわがままになれ。ほかのことは忘れて、イジーとベルノニアで幸せな結婚生活を送るのだ。駆け引きをやめ、愛情を持って」

「彼女を追えと?」

「それはおまえが決めることだ。私ではなく。だが、彼女が好きなら、離れているべきではない」

「まだ自分の気持ちがわからなかったら?」

「早く突きとめろ」王は壁にかかるステファンの写真を見た。「人生は一瞬で変わりうる。一生後悔して生きたくはないだろう。私を信用しろ」

12

〝早く突きとめろ〟

その日はずっと父親の言葉が頭を離れず、夜もなかなか寝つかれなかった。イジーと双子、父親とステファンのイメージが浅い眠りに割りこんでは消えていく。そのとき、がたんとベッドが揺れた。

イザベルが自分の気持ちを整理し、戻ってきたのだろうか? 胸の中で希望がふくらんだ。

ニコはすぐに体を起こした。ちらりと左側を見ると、やはりからっぽだった。

失望で胸が締めつけられた。これまでわかったのは、イザベルが恋しいということだけだ。彼女の笑顔、笑い声、キス、ぬくもり。爪に入りこんだグリースでさえ恋しかった。彼女の全存在、とりわけ今、彼女のおなかにいる双子がいとおしくてたまらない。

待て。ニコは周囲を見た。もし彼女がベッドを揺らしたのでなければ……ほかに原因があるはずだ。

ちょうどそのとき、ドアがノックされた。

「入れ」ニコは命じた。

ガウンにスリッパ姿のジョバンが部屋に駆けこんできた。「地震です。マグニチュード六・八で、震源はサチェスティア北部です」

「イザベルは？」不安で胃が締めつけられた。

「城と連絡がつきません。その地域のすべての通信手段が断たれています」

ニコは急いでベッドから出た。「行かなければ」

「ヘリコプターが四十分で来ます」

「遅すぎる」ニコはパジャマから服に着替えた。

「緊急態勢を敷け」

「地震の確認が取れしだい、通達しました」

緊急態勢がすでに敷かれていると知ってほっとしたが、ニコの頭はイジーのことでいっぱいだった。彼女と赤ん坊の無事を確認しなければ。「これから父に会いに行く。ヘリポートで会おう」

両親の部屋に向かいながら、ニコは強い不安に襲われた。イザベルは一人、城の瓦礫《がれき》に埋もれているかもしれない。万一彼女の身になにかあったら……。

〝人生は一瞬で変わりうる。一生後悔して生きたくはないだろう。私を信用しろ〟

そう、後悔はしたくない。イザベルが望むような結婚にできるかどうかはわからないが、最善を尽くして彼女を愛そう。彼女が無事で僕にチャンスをくれるなら、必ず彼女を満足させよう。

「トラックに水と食料と毛布を積んで」イジーはスタッフに指示した。服を着た者も寝巻き姿の者もいる。日の出まであと二時間はあり、夜気が冷たい。

すばやくジャケットのファスナーを上げた。「急いで。できるだけ早く村に行かないと」

「だめです」エミルがイジーの手から水のケースを取ってトラックの荷台に置いた。「補給品は私がきちんと届けさせます。妃殿下はここに残ってください」

「私は妊娠しているけど、病気じゃないわ。双子は無事よ。自分にできることとできないことはわかるわ」

エミルは用心深くイジーを見た。「医師が――」

「ふつうの活動は続けていいと言ったわ。困った人を助けるのはふつうの活動でしょう」

「プリンス・ニコが賛成しません」

「それなら彼がここにいなくてよかったわ」ニコの名を聞いただけで心がかき乱される。「補給品や救援隊は必ず来るけど、今は私たちが村のいちばん近くにいるの。行かないわけにいかないわ」

エミルは敬意をこめてうなずいた。「お父上もフランコもあなたを誇りに思うでしょう。きっとプリンス・ニコも」

最後の部分は疑わしいが、それでもエミルの言葉はうれしかった。「ありがとう」

ニコには務めが大事だ。だから彼は自制心を失うのを恐れていたのだろう。少なくともパレードのあとの喧嘩《けんか》までは。別れ際のキスは今でも忘れられない。あの感情がこもった激しいキスは、王子としての自己規範に反するものだったに違いない。彼は同じように愛情も抑えていたのだろうか。私も自分を抑えて、彼に愛の告白をしていない。不安と自尊心と頑固さが相まって思いを口に出せなかったのだ。

確かに私は頑固すぎたのかもしれない。でも今は、そんなことを考えている時間はない。イジーはトラックに飛び乗った。「行きましょう」

サチェスティアの城に人けはなく、車もなかった。食料品室やリネン戸棚は竜巻が吹き抜けたように、中がからっぽだ。割れた花瓶やガラスや彫像。倒れた本棚。だが、遺体や血痕《けっこん》はない。

ニコはほっと胸を撫《な》でおろした。イザベルはスタッフを連れて避難したのだろう。だが、どこへ？　村はたくさんあってどこにいるのか見当もつかないが、とにかく無事でいてほしかった。

数時間後、ニコは二歳の子供を抱いて、山村の瓦礫の中を歩いていた。子供は打撲や切り傷はあるが、幸い骨は折れていない。「ママ」幼児は泣いた。

ニコはかける言葉もなかった。地震が起きたときにベッドの下で眠っていた幼児の悲鳴を隣人が聞き、瓦礫の中から救出したのだが、まだ家族は見つかっていない。「ママはみんながさがしているよ」

幼児の顔を大粒の涙が伝う。「パパは？」

「パパもみんながさがしている」

そこに手術着姿の看護師が現れた。「その子は私が預かります」

しぶしぶニコは怪我《けが》をした子供を看護師に渡した。

「家族が行方不明だ。どうか……」

看護師は彼の気持ちを察してうなずいた。「この子の世話はおまかせください」そして、診療所の横に設営されたばかりの医療テントに駆けこんだ。

救援隊は続々到着した。ヘリコプターや重機の音があたりにこだまする。別の村で救援に当たっている父王が同じものを見ていればいいのだがと、ニコは思った。団結したベルノニアを。

対立中の分離派も体制擁護派も、今はこの山村で手に手を取って働き、瓦礫の中の生存者をさがしている。意見の違いはもう関係ない。みんな同胞のベルノニア人なのだ。ニコは心から国民を誇りに思った。

ああ、イザベルの居所さえわかれば……。無事が確認できれば……。

前方に見慣れた顔があった。「エミル！」執事が振り向いてお辞儀した。手には石油缶を持っている。「殿下」

「イザベルはどこだ？」

エミルは気まずそうに周囲を見た。「妃殿下は無事です」

無事というだけでは足りない。ニコは妻とともにいたかった。過去はもう問題ではない。未来は明るく輝いている。「妻のもとへ連れていけ。今すぐ」

執事はニコを医療テントのほうに連れ戻した。

「プリンセス・イジーは診療所の発電機を修理しようとしています。私はおとめしたのですが――」

ニコは手を上げた。「妻がいったんこうと決めたら、だれもとめられないのはわかっている」

エミルはにやりとした。「真のベルノニア人です」

「そのとおり」そして、僕の愛する人だ。


壊れた倉庫で見つかった診療所の発電機は、長年の汚れでおおわれていた。村人たちはイジーに修理してもらおうと、それを外に運び出した。これがはたして動くだろうか。イジーの自信は揺らいだが、人々の期待を裏切ることはできない。なんとかしなければ。

彼女は膝をついて燃料を確認した。「さあ、どこが壊れたのか、私に教えて」

「イザベル」

ニコの声が嵐《あらし》のあとの日差しのように体を包みこんだ。ここで彼に会っても驚きはしない。皇太子なのだから、ここにいて当然だ。けれど、胸が締めつけられて、声のしたほうを見られない。彼女はモーターに集中した。

「君はここにいるべきでない」ニコが断言した。

まだ私に指図しているわ。まあ、彼が白馬に乗った王子でないことはわかっていたけど。イジーは息を吐き出した。

「心配しないで。おなかの子は無事だから。赤ちゃんを危険にさらすようなことはしないわ」

ニコが赤ちゃんを気遣うのはわかる。でも、私を気遣ってほしい。そう思うと、胸が痛くて涙も出なかった。

イジーはゆるんだコイルを締めた。もう一度試すと、発電機が動きだした。よかった。彼女は立ちあがり、ボイドが送ってくれたつなぎで手をふいた。プリンセス・イジーという刺繍《ししゅう》のネーム入りで、ボイドなりの感謝のしるしだった。新しいトラックを贈られ、本当にうれしかったのだろう。

「故意に子供たちを危険にさらしたりしないのはわかっているよ」ニコが歩み寄るのがわかり、不覚にもイジーの脈は速くなった。彼が足をとめた。「だが、君の身になにかあったらと思うと、耐えられないんだ」

「私に？」希望がわいたが、イジーは抑えつけた。そんな言葉に惑わされるものですか。彼の端整な顔にも、広い肩にも、青緑色の……。「あなたは義務感から私と結婚しただけでしょう」

「君だってそうだろう」

少なくとも彼は正直に認めた。イジーはその考えを押しやって歩きだした。「来て」

ニコは瓦礫をよけながら彼女のあとを追った。イジーはシャベルを二つ手に取って、一つを彼に渡した。「使い方は知っているわね、殿下？」

「もちろん」

イジーは必死にニコを見ないようにした。仕事は山とあるのだから、冷静でいなければならない。

「診療所の入口から瓦礫をどけて」

「僕は君と話がしたいんだ」

「今はだめよ」気をそらされるわけにいかない。

「君はここでなにをしているんだ？」ニコはイジーの肘をつかんだ。

「すべきことをしているのよ。人を助けているの」そう言うと、イジーは彼の手をはずして歩き去った。

数時間がたった。瓦礫除去や修理作業をして働いたイジーは、ひと休みして背中をさすった。

日が沈みかけていた。村の広場はまるで爆弾が落ちたかのようだ。無傷の建物はわずかで、大半は壁がなく、崩れて瓦礫になったものもある。だが、救援隊は全国から集まり、さらに生存者が救出されていた。

ニコは水のボトルをイジーに渡した。「飲めよ」

イジーは診療テントの子供たちを思い出した。

「ほかに必要としている人がいるかもしれないわ」

「君も必要だ」ニコはボトルを彼女の手に押しこんだ。「物資はどんどん運ばれている。アリエストル、サン・モンティコ、アメリカが救援隊を送りこんでくれる。ベルノニアは助けを得て復興するんだ」

「その言葉を国民に聞かせなくちゃ」イジーはボトルから水を飲んだ。渇いた喉が癒《いや》される。「私もそれを聞いてうれしいわ」

「よく働いたな、妃殿下」

「あなたこそ」

イジーはちらりとニコを見た。上着とズボンは裂けて、袖口《そでぐち》には赤いしぶきが散っている。血？　汚れた顔には無精髭《ひげ》が生え、髪はぼさぼさだ。

今ほど彼が王子らしく見えたことはない。イジーはため息をこらえて、さらに水を飲んだ。

飲みおわると、ニコが汚れた彼女の手を握った。

「今の君は、シャーロットの修理工場から出てきて、僕の心を奪った整備士にそっくりだよ」

イジーは息をのんだ。「えっ？」

ニコの目は愛情で輝いている。「君は僕が見つけたいと思う最高の王女だ」

「ええ、王女には見えないけどね」

ニコはにやりとした。「まったく」

イジーはとまどって彼を見た。

「イザベル、イジー、プリンセス、妃殿下、僕の妻。呼び名はどうでもいい」ニコは自分の胸を指した。「大事なのはここだ。君には王女の心がある」

イジーは強烈な喜びを覚えると同時に腹が立った。「じゃあ、なぜもっと早くそう言わなかったの？」

「わからなかったんだ。たぶん、今日まで認める気にはならなかっただろう」ニコは言った。「君には正直でいようとしたが、自分には正直ではなかったから。僕は自分の人生を理解し、すべてを計画したつもりだった。そこへこの気の強い風変わりな女性が現れて、すべてを引っくり返したんだ」

「風変わり？」

「風変わりで美しい」ニコの笑顔に、熱いものがイジーの体を貫いた。「君はすべてを変え、僕はどうしたらいいか途方にくれていた。これまでは。今やっと、君がすばらしい贈り物だと気づいたんだ」

「フランク伯父さんが亡くなったとき、私は引きこもって快適なものにしがみついたわ」イジーはニコを見つめた。「あなたにこの新しい世界へ引っぱり出されて、必死に道を切り開いてきたの」

ニコは彼女の手を握った。「一人で切り開く必要はないよ」

イジーは周囲の廃墟《はいきょ》を見たが、瓦礫の中にも生命力が、愛が感じられた。「あなたにとって国や国民がどれだけ大切かはわかるわ。あなたの愛する務めを理解したから、私は今ここにいるの」

「君もその務めを愛しているんだね」

イジーはうなずいた。

「僕たちの務めはベルノニアに対してだけじゃない。お互いや、生まれてくる子供たちに対してもある」

ニコの言葉を聞き、イジーは心が躍った。「僕と一緒にいてくれ、イザベル。ずっと。僕のすべてを捧《ささ》げるよ」

決めるのは私よ。彼の申し出を受けることも、断って去ることもできる。

目の前の男性を見つめると、イジーの心に愛があふれた。「会えなくて寂しかったわ、ニコ。これまで不安と自尊心がじゃまして、一緒にいられなかったけど、今は違う。愛しているわ。結婚式の日からずっと愛してる。自分の役割はよくわからないけれど、それに応《こた》える用意はあるの。あなたが助けてくれれば、たぶん尻もちはつかないと思うわ」

「もちろん。君をころばせたりはしないよ」

ニコはイジーを引き寄せ、彼女は喜んで抱きついた。二人はゆっくりと唇を重ね合わせた。

「僕が欲しいのは君だけだよ」ニコは愛に満ちた声でささやいた。「必要なのも君だけだ。ああ、愛している。僕と結婚してくれ」

イジーは抱擁に身をゆだねた。「私たちはもう結婚しているでしょう。二回も」

「今度は義務感からではなく、愛情から結婚したいんだ。華やかでなくていい。僕たちと……」ニコはうやうやしくイジーのおなかに手を触れた。「ここにいる二人だけで」

「そうね！　それはいいわ」イジーの口から笑い声がもれた。「三回目の結婚はうまくいくかもしれないわね」

「でなければ、うまくいくまで繰り返せばいい」ニコはまっすぐイジーの目を見つめた。「もう君を放さないよ、妃殿下」

「あなたが放したくても、私が放させないわ、殿下」イジーはにっこりした。「お忘れかもしれないけど、花嫁の箱も、鍵《かぎ》も、あなたも、みんな私のものなのよ」

エピローグ

イジーは将来王位を継ぐアレクサンダー殿下を抱いてあやしながら、安らかな満足感にひたった。赤ん坊は夫似の顔に穏やかな表情を浮かべて眠っている。彼女は息子の小さな額にキスをして、赤ん坊特有のかぐわしいにおいを吸いこんだ。

ニコはフランコ殿下の頭にのった青い帽子を整えている。愛する夫と二人の健康な息子を見て、イジーは胸がいっぱいになった。ああ、最高だわ。

これは始まりにすぎないけれど、幸せな結末がどんなものかは理解できる。私はおとぎ話を生き、国と国民とニコが与えてくれるすべてのものに祝福されているのだ。

「フランコは眠ったよ」ニコが静かに言って、腕の中の子供をいとおしそうに見つめた。

イジーも赤ん坊に目をやった。「アレックも」

二人は無言で安堵《あんど》を分かち合った。双子の赤ん坊を同時に眠らせるのに成功したのだ。

ニコの目が心配そうに曇った。「騒音が——」

「ここは人込みよりずっと高い場所だから、騒音レベルは問題ないとお医者様が言っていたわ。それに、この子たちは音や注目に慣れなくちゃ」

「二人は幸運だな。こんな聡明《そうめい》な王女が母親で」ニコはほほえんだ。「そして僕は、君を妻と呼べて、世界一幸運な男だよ」

イジーはウインクした。「それはお互いさまよ、殿下」

ニコの目に欲望が輝いた。「ああ、務めがなければ——」

「でも、あるのよ。務めが呼んでいるわ」イジーは国会議事堂のアーチ型のバルコニーに通じるドアへ向かった。「そろそろ新しい王子たちをベルノニアに紹介しないと」

ニコはいたずらっぽくほほえんだ。「僕がしたいことはわかるだろう」

まるで砂漠で迷った男がグラス一杯の水を見るような目で、ニコはイジーを見つめた。その望みは明らかだ。出産で体重がふえ、あいにくのときに胸から乳がもれても、彼は欲望を覚えた。だが、医師からはもう二週間は待つように言われている。「そんなに遠い先じゃないわ」

ニコは息子たちを見てからイジーに目をやった。

「まあ、待つだけの価値はあるな」

「いいお返事ね」

「学習しているんだよ」

「そうね。おむつ替えはもうプロ並みだもの」

「父もそうだよ」

ディーとベアトリスも双子の生活で積極的な役割を果たしたがっている。城はかつてないほどにぎやかだった。これで双子が歩きはじめたらどうなるのか、イジーは想像もつかなかった。

「将来、王女やもっとたくさんの王子を持つ気はないかい？」ニコは尋ねた。

イジーは唇をすぼめた。「世継ぎの予備はいくらいても多すぎることはないわね」

イジーの望んだとおり、ニコは口づけした。さっと唇をかすめただけだが、それでいい。今は。彼は青緑色の瞳でイジーの目を見つめた。その愛情を疑うことはもはやない。一瞬たりとも。

イジーはニコにほほえみかけた。「それに、家族はどんなにおおぜいいてもいいもの」

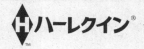

ハーレクイン・イマージュ　2012年6月刊（I-2232）

絆のプリンセス

2024年8月5日発行

著　　者　メリッサ・マクローン
訳　　者　山野紗織（やまの　さおり）

発 行 人　鈴木幸辰
発 行 所　株式会社ハーパーコリンズ・ジャパン
東京都千代田区大手町1-5-1
電話 04-2951-2000（注文）
0570-008091（読者ｻｰﾋﾞｽ係）

印刷・製本　大日本印刷株式会社
東京都新宿区市谷加賀町1-1-1

表紙写真　© Oliver Sved | Dreamstime.com

造本には十分注意しておりますが、乱丁（ページ順序の間違い）・落丁（本文の一部抜け落ち）がありました場合は、お取り替えいたします。ご面倒ですが、購入された書店名を明記の上、小社読者サービス係宛ご送付ください。送料小社負担にてお取り替えいたします。ただし、古書店で購入されたものについてはお取り替えできません。®とTMがついているものはHarlequin Enterprises ULCの登録商標です。

この書籍の本文は環境対応型の植物油インクを使用して印刷しています。

Printed in Japan © K.K. HarperCollins Japan 2024

ISBN978-4-596-63911-0 C0297

◆◆◆◆ ハーレクイン・シリーズ 8月5日刊 発売中

ハーレクイン・ロマンス

愛の激しさを知る

コウノトリが来ない結婚	ダニー・コリンズ／久保奈緒実 訳	R-3893
ホテル王と秘密のメイド 《純潔のシンデレラ》	ハイディ・ライス／加納亜依 訳	R-3894
ときめきの丘で 《伝説の名作選》	ベティ・ニールズ／駒月雅子 訳	R-3895
脅迫された花嫁 《伝説の名作選》	ジャクリーン・バード／漆原　麗 訳	R-3896

ハーレクイン・イマージュ

ピュアな思いに満たされる

愛し子がつなぐ再会愛	ルイーザ・ジョージ／神鳥奈穂子 訳	I-2813
絆のプリンセス 《至福の名作選》	メリッサ・マクローン／山野紗織 訳	I-2814

ハーレクイン・マスターピース

世界に愛された作家たち
～永久不滅の銘作コレクション～

心まで奪われて 《特選ペニー・ジョーダン》	ペニー・ジョーダン／茅野久枝 訳	MP-99

ハーレクイン・ヒストリカル・スペシャル

華やかなりし時代へ誘う

ハイランダーの秘密の跡継ぎ	ジェニーン・エングラート／琴葉かいら 訳	PHS-332
伯爵に拾われた娘	ヘレン・ディクソン／杉本ユミ 訳	PHS-333

ハーレクイン・プレゼンツ作家シリーズ別冊

魅惑のテーマが光る
極上セレクション

炎のメモリー	シャロン・サラ／小川孝江 訳	PB-390

※予告なく発売日・刊行タイトルが変更になる場合がございます。ご了承ください。

8月9日発売 ハーレクイン・シリーズ 8月20日刊

ハーレクイン・ロマンス
愛の激しさを知る

王の求婚を拒んだシンデレラ《純潔のシンデレラ》	ジャッキー・アシェンデン／雪美月志音 訳	R-389
ドクターと悪女《伝説の名作選》	キャサリン・スペンサー／高杉啓子 訳	R-389
招かれざる愛人《伝説の名作選》	スーザン・スティーヴンス／小長光弘美 訳	R-389
世界一の大富豪はまだ愛を知らない	リン・グレアム／中野　恵 訳	R-390

ハーレクイン・イマージュ
ピュアな思いに満たされる

大富豪と孤独な蝶の恋	ケイト・ヒューイット／西江璃子 訳	I-281
愛の岐路《至福の名作選》	エマ・ダーシー／霜月　桂 訳	I-281

ハーレクイン・マスターピース
世界に愛された作家たち
～永久不滅の銘作コレクション～

オーガスタに花を《ベティ・ニールズ・コレクション》	ベティ・ニールズ／山本みと 訳	MP-10

ハーレクイン・プレゼンツ作家シリーズ別冊
魅惑のテーマが光る
極上セレクション

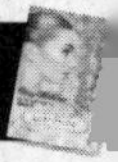

もう一度恋して	レベッカ・ウインターズ／矢部真理 訳	PB-39

ハーレクイン・スペシャル・アンソロジー
小さな愛のドラマを花束にして…

愛は心の瞳で、心の声で《スター作家傑作選》	ダイアナ・パーマー 他／宮崎亜美 他 訳	HPA-61

文庫サイズ作品のご案内

◆ハーレクイン文庫・・・・・・・・・・・・・・毎月1日刊行
◆ハーレクインSP文庫・・・・・・・・・・・毎月15日刊行
◆mirabooks・・・・・・・・・・・・・・・・毎月15日刊行

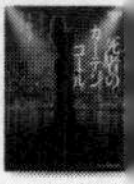

※文庫コーナーでお求めください。

7月刊 好評発売中!

ハーレクイン”の話題の文庫
毎月4点刊行、お手ごろ文庫!

作家イメージカラー入りの美麗装丁♥

『奪われた贈り物』
ミシェル・リード

ジョアンナとイタリア人銀行頭取サンドロの結婚生活は今や破綻していた。同居していた妹の死で、抱えてしまった借金に困り果てた彼女は夫に助けを求め…。

(新書 初版:R-1486)

『愛だけが見えなくて』
ルーシー・モンロー

ギリシア人大富豪ディミトリに愛を捧げたのに。アレクサンドラが妊娠を告げると、別れを切り出されたばかりか、ほかの男と寝ていただろうと責められて…。

(新書 初版:R-2029)

『幸せのそばに』
スーザン・フォックス

不幸な事故で大怪我をし、妹を亡くしたコリーン。周囲の誤解から妹の子供たちにまで嫌われ絶望する。そんな彼女を救ったのは、子供たちの伯父ケイドだった。

(新書 初版:I-1530)

『ちぎれたハート』
ダイアナ・パーマー

ノリーンの初恋の人、外科医ラモンが従妹と結婚してしまった。その従妹が不慮の死を遂げ、ノリーンは彼に憎まれ続けることに…。読み継がれるD・パーマーの伝説的な感動作!

(新書 初版:D-761)

※ハーレクインSP文庫は文庫コーナーでお求めください。